中国孩子最喜爱的情感读本

假如没有战争

第 2 版

焦 育 ◎ 主编

图书在版编目(CIP)数据

假如没有战争/焦育主编. —2版. —北京：北京大学出版社,2012.3
(中国孩子最喜爱的情感读本)
ISBN 978-7-301-20216-6

Ⅰ.①假… Ⅱ.①焦… Ⅲ.①儿童文学－故事－作品集－世界 Ⅳ.①I18

中国版本图书馆CIP数据核字(2012)第021966号

书　　　　名：	假如没有战争（第2版）
著作责任者：	焦　育　主编
丛书主持：	郭　莉
责任编辑：	泮颖雯
标准书号：	ISBN 978-7-301-20216-6/G·3355
出版发行：	北京大学出版社
地　　　　址：	北京市海淀区成府路205号　100871
网　　　　站：	http://www.jycb.org　http://www.pup.cn
电子信箱：	zyl@pup.pku.edu.cn
电　　　　话：	邮购部 62752015　发行部 62750672　编辑部 62767346
	出版部 62754962
印　刷　者：	北京飞达印刷有限责任公司
	730毫米×1020毫米　16开本　12印张　175千字
	2009年1月第1版
	2012年3月第2版　2017年7月第6次印刷
定　　　价：	30.00元

未经许可，不得以任何方式复制或抄袭本书之部分或全部内容。

版权所有，侵权必究

举报电话：(010)62752024　电子信箱：fd@pup.pku.edu.cn

一、把敌人变成人

洗手间里的晚宴 ………………………………………… 2
鱼 ………………………………………………………… 5
雾 ………………………………………………………… 7
最后一壶水 ……………………………………………… 10
女孩和栀子花 …………………………………………… 12
阳台上的花木 …………………………………………… 17
幸福的铃声 ……………………………………………… 19
在黑暗中的追求 ………………………………………… 21

二、和平的声音

黑色郁金香 ……………………………………………… 24
放风筝的那一天 ………………………………………… 27
原子弹落下的那一天 …………………………………… 30
和平的声音 ……………………………………………… 36
这片土地是宝贵的 ……………………………………… 38
小囚徒 …………………………………………………… 40

三、一个人的音乐和黄昏

父亲的音乐 …… 44
一张创造奇迹的唱片 …… 47
一个人的音乐和黄昏 …… 51
说诗 …… 53
贝多芬与第九交响曲 …… 55
中国古代的建筑 …… 58
哥特式建筑 …… 63

四、你注定飞翔

石缝间的生命 …… 68
梦想悠悠 …… 71
我的写作碰壁史 …… 74
注定飞翔 …… 78
野风车（节选） …… 81
共同的秘密 …… 83
上帝的奖赏 …… 85
生活 …… 87

五、科学之美

唤起对科学的兴趣 …… 90
一位"太空爸爸"写给儿子的信 …… 92
奥卡姆剃刀 …… 98
科学是美丽的 …… 100
看看电脑会有多高明，让它下盘围棋吧 …… 102
错误的必要性和价值 …… 106

六、迈出关键的第一步

探险者的一课 …………………………………… 112
重要的是心境 …………………………………… 114
手比头高 ………………………………………… 115
父亲的难题 ……………………………………… 117
我们身边的发明 ………………………………… 119
把耳朵叫醒——米老鼠的诞生 ………………… 122
夹着尾巴做人 …………………………………… 124
饥饿使他发明了高压锅 ………………………… 125
感谢饥饿 ………………………………………… 127
成功始于一个意念 ……………………………… 129

七、记忆中那一片竹林

湖殇 ……………………………………………… 132
给每一条河每一座山取一个温柔的名字 ……… 135
我和狼的友谊 …………………………………… 140
记忆中的那一片竹林 …………………………… 143
人与地球 ………………………………………… 146
地下森林断想 …………………………………… 149
人和鸟 …………………………………………… 153

八、阳光,是一种语言

槐花 ……………………………………………… 158
自然与色彩 ……………………………………… 160
树 ………………………………………………… 162
染绿的声音 ……………………………………… 164

假如没有战争
JIARU MEIYOU ZHANZHENG

阳光，是一种语言 …………………………………………… 166

秋天二章 ……………………………………………………… 168

我在 …………………………………………………………… 171

河流的秘密 …………………………………………………… 175

寻春 …………………………………………………………… 180

一、把敌人变成人

YI BA DIREN BIANCHENG REN

洗手间里的晚宴 / 周海亮

鱼 / 陈德利

雾 / 李延国

最后一壶水 / 朱胜喜

女孩和栀子花 / 汤素兰

阳台上的花木 / 王跃文

幸福的铃声 / 徐　薇

在黑暗中的追求 / 佚　名

洗手间里的晚宴

【周海亮】

保姆住在主人家附近,一片破旧平房中的一间。她是单身母亲,独自带一个四岁的男孩。

那天,主人要请很多客人吃饭。主人对保姆说:"今天您能不能辛苦一点儿,晚一些回家?"保姆说:"当然可以,不过我儿子见不到我,会害怕的。"主人说:"那您把他也带过来吧……"保姆急匆匆地回家,拉了儿子就往主人家赶。保姆说:"带你参加一个晚宴。"

保姆把儿子关进主人家的书房。她说:"你先待在这里,晚宴还没有开始,别出声。"

不断有客人光临主人的书房。或许他们知道男孩是保姆的儿子,或许并不知道。他们亲切地拍拍男孩的头,然后翻看主人书架上的书。男孩安静地坐在一旁,他在急切地等待着晚宴的开始。

保姆不想让儿子破坏聚会的快乐气氛,更不想让年幼的儿子知道主人和保姆的区别、富有和贫穷的区别。后来,她把儿子叫出书房,并将他关进主人的小洗手间。主人有两个洗手间,一个主人用,一个客人用。她看看儿子,指指洗手间里的马桶:"这是单独给你准备的房间,这是一个凳子。"然后她再指指大理石的洗漱台:"这是一张桌子。"她从怀里掏出两根香肠,放进一个盘子里。"这是你的,"她说,"现在晚宴开始了。"

盘子是从主人家的厨房里拿来的,香肠是她在回家的路上买的,

一、把敌人变成人

她已经很久没有给儿子买香肠了。

男孩从没见过这么豪华的房子，更没有见过洗手间。他不认识抽水马桶，不认识漂亮的大理石洗漱台。他闻着洗涤液和香皂的淡淡香气，幸福极了。他坐在地上，将盘子放在马桶盖上。他盯着盘子里的香肠和面包，唱起歌来。

晚宴开始的时候，主人突然想起保姆的儿子。他去厨房问保姆，保姆说："也许是跑出去玩了吧。"主人看保姆躲闪的目光，就在房子里寻找。终于，他顺着歌声找到洗手间里的男孩。那时，男孩正将一块香肠放进嘴里。他愣住了，问："你躲在这里干什么？"男孩说："我是来这里参加晚宴的，现在我正在吃晚餐。"他问："你知道这是什么地方吧？"男孩说："知道，这是单独为我准备的房间。"他问："是你妈妈这样告诉你的吧？"男孩说："是……其实不用妈妈说，我也知道。晚宴的主人一定会为我准备最好的房间。"男孩指了指盘子里的香肠："我希望能有个人陪我吃这些东西。"

主人默默走回餐桌前，对客人说："对不起，我不能陪你们共进晚餐了，我得陪一位特殊的客人。"然后，他从餐桌上端走两个盘子。他来到洗手间的门口，礼貌地敲门。得到男孩的允许后，他推开门，把两个盘子放到马桶盖上。他说："这么好的房间，当然不能让你一个人独享……我们共进晚餐。"

那天，他和男孩聊天，唱歌。他让男孩坚信洗手间是整栋房子里最好的房间。他们在洗手间里吃了很多东西，唱了很多歌。不断有客人敲门进来，他们向主人和男孩问好，他们递给男孩美味的饮料和烤得金黄的鸡翅。他们露出夸张和羡慕的表情。后来，他们干脆一起挤到小小的小洗手间里，给男孩唱起了歌。每个人都很认真。

多年后，男孩长大了。他大学毕业后，找到了一份不错的

3

工作,尽管并不富有,他还是一次次地掏出钱去救助穷人,而且从不让那些人知道他的名字。他说:"我始终记得多年前,有一天,有一位富人,有很多人,小心地维系了一个四岁男孩的自尊。"

一、把敌人变成人

 # 鱼

【陈德利】

生活就像三类鱼。

第一类：鱼缸中的鱼。曾经有一条美若天仙的金鱼，乃世上珍奇也。一富人购其归家，把它装在一个精致的鱼缸中。它成为主人的最爱，每天受到无微不至的照顾。几日后，鱼儿便远近皆知。每天都有许多的人来欣赏它。它特别高兴。

日子一天天地过去。几个月后，来欣赏它的人已没有了，它几乎被众人淡忘，甚至从前百般疼爱它的主人也淡忘了它。

小鱼突然觉得生活如此无味，它觉得自己生活空间太小了，每天只能穿梭在那人工海草中，没有自由的空气。忧郁中，它死去了……

第二类：池塘中的鱼。主人在门前的池中喂了许多鱼苗，鱼苗一天天地长大。主人每天撒许多饲料给它们。它们就如同一个美好的大家庭。早晨迎着初升的太阳，钻出小草觅取食物；夕阳西下，用完最后一餐，它们又钻进水草酣睡。如此过了许久。

突然有一天，一张大网撒向鱼池，所有鱼儿被一网打尽。

所有的鱼在一天内死去……

第三类：海中的鱼。大海中诞生了一群小海鱼。所有的海鱼组成一个大集体，无止境地漫游着，它们没有固定的家，每天游啊，游啊……没有任何约束，没有任何负担，自由是它们唯一的拥有。

大海是它们的天堂。可是，天堂中无时不充满死亡。到处都有它们的天敌……任何一条鱼都如"沧海一粟"，每天它们都在无止境的漫游中与大自然作着无止境的搏斗。

一群群的海鱼就在海浪的冲击和无止境的搏斗中,有的死了,而其中的一些则幸存下来。

第一类鱼它一无所有,也不知道生活的意义;第二类鱼它们拥有了幸福,却只能在等待中死去,而第三类鱼既有拥有亦有失去。它们拥有自由,拥有为生存而进行的搏斗。它们失去了生命,但那种死亡是值得的。因为它们真正体验过生活。

的确,生命就是如此,没有历经风风雨雨,你不知她的意义。只有经过奋斗与努力,你才真正懂得她的价值。

充满着欢乐与斗争精神的人们,永远带着欢乐,欢迎雷霆与阳光。

——赫胥黎

一、把敌人变成人

雾

【李延国】

战地救护所被罩在浓雾中，像裹着一层又一层的纱布，扯不开，拉不断。南疆的雾真大啊！

我和师政委刘彬在这迷迷蒙蒙的"纱布层"里摸索着，脚下高高低低，好不容易找到了被伤员称为"死亡转运站"的一号病室。

一团雾气被我们带进屋里，竟然没有散开，缓缓地、无声地飘忽着，有如海浪般地翻动。屋中间一个钢丝床，看上去像一艘白色的小舟，上面安详地躺着一位年轻的伤员，这艘小舟即将载着这个十八岁的生命驶向永恒和寂灭。

在他身边，那桅墙一样的吊瓶上还挂着的红色血浆袋和生理盐水，对于已经报过病危的年轻生命都无济于事，医护人员只不过在尽他们的人道主义罢了。

他的伤势太重了，腿上、腰部、左臂都缠着绷带。我最不忍心看的是那张我曾经熟悉的红润的娃娃脸，变得那么苍白和短小——敌人的地雷炸掉了他的下巴。

因此这个叫周小波的战士，不再能讲出他英雄壮举的动因——他们班在插入敌人雷区之后，他第一个滚下身子，压响了一串地雷。作为随队的师组织干事，我有幸看到了这撼动心魄的壮举，那映在拂晓的霞光中的身影，使我终生都不会忘怀。

"你是英雄！"刘彬俯在他的耳边，透过绷带，传达着对这位士兵的嘉奖，声音里透着为他自豪的感情，"你是人民的好儿子。我们要给你报功！报军区、报中央军委……"

周小波很少有机会和师政委靠得这样近,目光里透着拘谨,也有一些迷惘,也许他没有听清师政委讲的话。

我灵机一动。从文件包里拿出了由我起草的《关于报请授予周小波同志滚雷英雄称号的决定》复印件给他看,以便让这个即将远行的农民儿子得到一些心灵的慰藉。

我猜想那是一个要求。

战斗打响之前,他也像那些老兵一样,咬破了中指写了一份决心书。他把那血迹尚未凝固的血书交到我这个"师里来的首长"手里,却还磨磨蹭蹭不肯走。

"有事吗?"我问。

"我……还有个要求。"他涨红了脸。

"什么要求,提吧。"

"我妈妈……生癌呢。"他垂下了头,有些慌张,"没有钱看大夫……"

"你家里还有什么人?"

"哥哥。他是个哑巴。队里办工厂不要他,在家种地呢!"他忽然异常赤诚地望着我,"李干事你看着,这回打仗我不会怕呢,要是我……回不来了,能不能让我妈妈……住上部队医院……"

我许久没有吱声,只觉得嗓眼里发哽。他似乎觉得自己提的条件太高了,低声纠正着:"看看大夫也行……"

"组织上会考虑这个问题的。"不知怎么搞的,我的嗓音里带上我平时最深恶痛绝的官腔。可是,在我小小的职权范围里,我又能怎么说呢?

今天,作为一个即将闻名于全军、全国的"滚雷英雄",他的夙愿可以偿还了!

师政委听了我的叙述为之动容:"让他放心,组织上一定设法安排!"

使我不解的是,当我向他转述之后,他眉头微微一展,又痛苦地拧到一起。

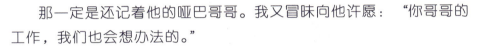

一、把敌人变成人

那一定是还记着他的哑巴哥哥。我又冒昧向他许愿:"你哥哥的工作,我们也会想办法的。"

他眼睛里的雾仍未散去,我惶惑了!

"该不是对他战斗情况的补充吧?"师政委眼光亮亮的,"他能写么?"

"他的右手还能活动。"一直守住旁边的护士轻声说。

我拧开钢笔,塞到周小波的手里;护士递过病历夹做垫板,我双手为他托着……

汗水在他额头上沁出来,足足十五分钟,他写下了十五个字,那是使我瞠目结舌的十五个字:

"我不是滚雷英雄,我是被石头绊倒的。"

师政委脸色陡变,久久地盯着我的脸。

"我是千真万确亲眼看到的,连里的同志也都亲眼看到的……"我执著却又无力地辩解着。

师政委在屋里踱了一会儿,看看护士,看看我,沉重地吐出一句:"当然喽,我们要实事求是喽!"

我像失落了什么,泪水涌上了眼眶。

透过那晃动的晶体,我看到周小波的眼睛像散了雾的天空,那么明净,那么清澈,并且有一缕柔情彩云般向我飘来。我能读得懂他:可爱的世界,我去了,我没有给你留下一句假话,我的一生都是真实的呢……

过去属于死神,未来属于你自己。

——雪莱

最后一壶水

【朱胜喜】

这是爷爷给我讲的他遇着的一个真实故事。

我爷爷曾在国民党部队里呆过，那一年内战，爷爷所在的排，30来人，艰难地行走在一片杳无人烟的大沙漠中。爷爷是这个排的排长。顶头上司让他们横穿沙漠，将一名被捕的共产党员押送至另外一座城市。

他们押送的这位共产党员，是学医的，曾经在外国留过学。国民党在一次扫荡中，接到密报，抓住了他。

爷爷还说，这个共产党员是条硬汉子，在国民党的严刑逼供中，始终紧咬牙关，一声未吭，当然也没有在他的口中捞到任何秘密。气急败坏的国民党，残忍地将他的舌头割了下来，使这位共产党员再也不能从嘴里说出一个字来。爷爷有一副好心肠，每次在沙漠中几十号人喝一壶水时，爷爷首先让这位共产党员喝，然后大家再依次喝一点，润润喉咙。应该明白，人在沙漠中行走，水就是生命。

也不知爷爷他们就这样在沙漠中走了多少天，带的几十壶水也日渐减少，最后，仅剩下一壶了。爷爷的脸色顿时严峻起来，他知道，自己手下几十号人和这位共产党员的生命系在这壶水上。

强忍着干渴给身体带来的不适，向前又走了一段路程，终于撑不住了，望着大家干裂的嘴唇，爷爷用脏得不能再脏的大手从行囊中拿出了最后一壶水。

爷爷望着手上的这个与其他水壶不一样的水壶，心颤抖了，这壶水等于是几十条生命啊。

爷爷小心翼翼地打开这个与众不同的水壶，看了看，眼睛潮湿了。爷爷还是像往常一样，将水壶递到这位共产党员面前，让他先

一、把敌人变成人

喝第一口。

　　这些日子来，已与爷爷和爷爷的手下人渐渐熟悉的这位共产党员，睁着一双干枯但又有神的眼睛，看看爷爷，又看看爷爷手下的兵。忽然，他的一双大眼睛盯住了水壶上的外国文字，一种莫名其妙的恐惧从眼神中露了出来。

　　停顿，短暂的停顿。猛地，这位共产党员接过爷爷手上的水壶，嘴对着水壶的嘴，咕咚，咕咚，咕咚，眨眼之间，一壶水让这位共产党员喝了个底朝天。

　　惊愕，愤怒的惊愕。在这沙漠地带，水是生命，比金子还珍贵。

　　就在爷爷的手下对这位共产党员的做法纷纷指责时，只见站着的这位共产党员的双腿软了下来，嘴里吐出肥皂沫状的泡泡，不一会儿，他倒了下去，闭上了双眼。

　　一脸惊讶的爷爷，发现这位共产党员的嘴角好像挂着一丝安详的微笑。

　　爷爷和他手下的人好好安葬了这位共产党员。

　　在以后的几天中，爷爷带领手下的几十号人克服种种困难，终于走出了死亡地带。

　　一直对共产党员喝水一幕念念不忘的爷爷，拿着那个水壶找到一位懂外文的大夫询问。

　　大夫接过水壶一看上面的外文，很吃惊地问爷爷，用这壶装过什么，丈二和尚摸不着头脑的爷爷说装过水喝。大夫直摇头，连声说，不可能，不可能。大夫还说，壶上面写着外国一种剧毒药的名称，显然是装过毒药的，如果喝用这壶装过的水，人畜只要喝一小口，也会没命的。

　　爷爷听到这儿，彻底明白了那位共产党员为什么要抢着把一壶水喝完。压在心头的疑惑是解开了，但心头却又像压了什么东西似的沉重起来。

　　后来，爷爷率领他的几十号手下，起义参加了共产党领导的队伍。

　　再后来，爷爷也加入了共产党。

女孩和栀子花

【汤素兰】

小屋坐落在大江畔。推开门窗,就能看见流淌的江水,来往的船只,还能看见人潮如织的码头。

女孩出生的时候,妈妈在门前种了一棵栀子花。

女孩长大的时候,栀子花也长大了。

女孩喜欢跳舞。有一次,学校要举行舞蹈比赛。女孩自己编了一个很美的舞蹈。女孩觉得,如果穿上一条白裙子跳这个舞,一定会有很奇特的效果。妈妈给女孩找来了雪白的裙子、米白的裙子和乳白的裙子,女孩一条一条试过来,都觉得不太合适,因为无论是雪白、米白还是乳白,都不是女孩想象中的白色。当时正是五月,栀子花在屋门前盛开,清香随着微风,阵阵飘散。女孩看着朵朵盛开的栀子花,说:"我想象中的裙子,是栀子花颜色的。"

栀子花的颜色,是粉白中透着淡淡的鹅黄。

到哪里也找不到栀子花颜色的裙子,而比赛的日子越来越临近了。

在比赛的头一天晚上,女孩还没找到合意的裙子。女孩非常发愁,她说:"再找不到我想象中的裙子,我就放弃比赛算了。"

第二天早上,女孩醒得很早。拉开窗帘,晨曦从窗口洒进来,照亮了房间,也照亮了墙角的衣帽架。女孩发现,衣帽架上挂着一条裙子,它有着栀子花的颜色,还散发着栀子花的芬芳。

女孩穿上裙子,啊,不大不小,正合适。女孩在原地转一圈,啊,她觉得自己变得无比轻盈,简直就像要飞起来似的。

女孩扑到妈妈的怀里,说:

"妈妈,谢谢你给我的裙子,这正是我想要的!"

可是，妈妈告诉她："孩子，这裙子并不是妈妈给你的呀！"

"那是谁给的呢？"

妈妈摇摇头："不知道。"

女孩穿着那条不知道是谁送来的裙子，去参加舞蹈比赛。女孩一会儿像一朵盛开的栀子花，一会儿像一只飞翔的白色鸟，她的舞姿那么漂亮，那么迷人，征服了所有的观众和评委。女孩获得了冠军。

站在领奖台上，捧着鲜花和奖杯，穿着栀子花颜色的跳舞裙，女孩真算得上是世界上最幸福的人了。摄影师为这个幸福的女孩拍了一张照片。

妈妈把女孩的照片用镜框装起来，放在女孩的窗前。那条白色的跳舞裙，女孩把它挂在衣帽架上，想跳舞的时候，就穿着它跳一会儿。

从那以后，屋前的栀子不再开花了。只有满树叶片，年年翠绿。

地下住着一个地精。他神通广大，会施魔法。地上所有的植物都是属于他的。

当栀子花知道了女孩的愿望以后，栀子花向地精请求："请你对我施个魔法，将我的花瓣变成裙子，送给女孩吧。"

地精说："我可以施这个魔法。但你从此以后再也不能开花了，你愿意吗？"

栀子花说："我愿意，我虽然没有了花朵，但还有绿叶呀。"

地精叹了口气："唉！"然后，从宽边帽檐里取出魔杖，说："好吧，你的愿望能够实现的。"

不知道从什么时候开始，女孩不再喜欢跳舞了。女孩也不再喜欢小时候玩过的洋娃娃，不再喜欢妈妈为她扎的羊角小辫。女孩喜欢上了一个男孩。女孩心里装着那个男孩，就再也装不下别的了。

自从女孩不再喜欢跳舞，那条洁白的跳舞裙，就一点点变暗了，它的芬芳也越来越淡。一个早上，那条裙子变成许多干枯的小碎片，就像干枯的花瓣一样，落在衣帽架周围的地板上。

那个早上对女孩来说,非常重要,因为她喜欢的那个男孩,要离开家,乘船到远方去了。

就像当年参加跳舞比赛一样,那天早上,女孩醒得很早。她推开窗户,晨曦从窗口照进来,照亮了房间,也照到了地板上那些暗褐色的碎片。

女孩说:"哎呀,这地板怎么这么脏呀!"

女孩连想也没想,就把裙子的碎片扫进了垃圾箱。

男孩离开家乡以后,女孩也想离开家乡。女孩对妈妈说:

"妈妈,我要去找那个男孩。"

妈妈说:"如果我的女儿想出去,妈妈无论怎么挽留,都是留不住的。好吧,妈妈给你买一张船票。"

女孩说:"不,我不想乘坐普通的船。我要坐一艘很特别的船去找他。我要让他一看到我和我的船,就会喜欢我。我要成为他梦中的新娘。"

"他梦中的新娘是什么样子的,你知道吗?"

女孩抿着嘴笑一笑,调皮地说:"我知道!"

原来,男孩曾告诉过女孩,他做过一个梦,梦见一个美丽的女孩乘着一艘绿色的船,来到他的身边,那艘船上,还有一片绿叶形的风帆。

女孩和妈妈到处寻找,可是,到哪里也找不到梦想中的绿船。女孩脸上的笑容消失了,脸上的红晕也一天天消失。女孩病了,她越来越瘦,越来越没精神。

又是一个早晨。一群喜鹊忽然飞到女孩的窗前,唧唧喳喳,唧唧喳喳叫得很欢。女孩已经病了很久,她很久没起床了。这时,她被喜鹊的声音吸引着,慢慢走到窗前,拉开窗帘。

晨曦照亮了房间,照亮了窗前的女孩。

晨曦照亮了窗外的大河,照亮了河边的码头,照亮了码头边停着的小船。

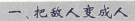

一、把敌人变成人

那是一只翠绿的小船，弯弯的，像月亮一样。绿色的风帆涨得满满的，仿佛在呼唤着女孩。船身浮现着一片一片栀子叶形的花纹，散发着好闻的栀子叶的清清气息。谁都看得出来，这只神奇的小船是由成千上万片栀子树叶拼成的。

看到梦想中的绿船，女孩的病一下子就好了。

妈妈把女孩打扮成美丽的新嫁娘，让她乘着这艘绿色的小船，到远方去寻找那个男孩子。

男孩住在远方的城市里，那座远方的城市也临着一条大江。那一天，男孩子正在江边散步。当他看见一片绿帆从天边驶来时，他紧张极了，眼睛瞪得大大的，心怦怦直跳。男孩一直盯着那片绿帆和帆下的绿色小船。当小船慢慢靠岸，身穿洁白衣裙的美丽新娘从船上走下来时，男孩才相信自己不是在做梦。他才敢相信，梦中的新娘，真正来到了他的身边。

男孩张开双臂，女孩扑进了男孩的怀中。男孩吻了女孩，女孩也吻了男孩。就在他们亲吻的时候，那只神奇的绿叶小船，随着水流漂走了。小船在江上漂了一会儿，慢慢地，变成了一片一片栀子树叶，飘散了，消失了。

自从女孩离开家以后，她家门前的栀子树，一片叶子也没有了。

地下住着一个地精。他神通广大，会施魔法。地上所有的植物都是属于他的。

当栀子花知道了女孩的愿望以后，栀子花向地精请求："请你对我施个魔法，将我的叶子变成小船，送给女孩吧。"

地精说："我可以施这个魔法。但你从此以后再也没有绿叶了，你愿意吗？"

栀子花说："我愿意，我虽然没有了绿叶，但还有树枝呀。"

地精叹了两口气："唉！唉！"然后，从宽边帽檐里取出魔杖，说："好吧，你的愿望能够实现的。"

一年一年，女孩子家门前的栀子树，不开花，不长叶子，只剩下

一丛黑色的枝丫。

一年冬天,女孩又回到江边的村子里,那时候,女孩的妈妈已经很老了,女孩也不再是小女孩了,她的额上有了皱纹,耳际有了白发。

天气非常冷,女孩的手冰凉冰凉,她央求妈妈生一堆火,让她烤烤手。妈妈说:"孩子,家里的劈柴不够干,你去找一些小树枝来引火,我才能把劈柴烧起来。"

女孩走到屋门前,看见了那一丛栀子树。由于年复一年风吹日晒,树枝已经干枯了。女孩想:"这些光秃秃的树枝,便是很好的引火柴呀!"

女孩把那些树枝砍下来,抱回火塘。那些树枝在女孩的怀里散发着栀子花的清香气息。

妈妈把树枝堆在火塘里,划一根火柴,树枝燃烧起来,火焰发出"呵呵呵"的声音,屋子里弥漫着栀子花的清香。

妈妈高兴地说:"孩子,你听,你回来了,连火都笑起来了呢。"

女孩把手伸到火塘上烤火,树枝燃烧得更旺了,火焰"呵呵呵"笑得更欢了,火焰往上升腾,一直舐到女孩的手,让她感到热乎乎的。

过了一会儿,树枝燃尽,红红的劈柴烧起来,整坐小屋都暖和了。

地下住着一个地精。他神通广大,会施魔法。地上所有的植物都是属于他的。

当栀子花的树枝被烧成灰烬以后,栀子花只剩下干枯的树根了。

地精来到栀子树根身旁,对他说:

"你现在已经没有了花朵,没有了树叶,没有了树枝,就连树根也快要枯死了。如果我给你新的生命,你想成为什么?"

"我依然想成为女孩家门前的栀子花。"树根回答。

地精叹了三口气:"唉!唉!唉!"然后,从宽边帽檐里取出魔杖,说:"好吧,你的愿望能够实现的。"

第二年春天,女孩家门前的栀子花树树根上,长出了一棵新芽。

一、把敌人变成人

阳台上的花木

【王跃文】

长沙的夏天总是匆匆而来。满城桐花刚落,正准备着酝酿情绪伤春,天就已经热了。我有时候遗憾地想,长沙出不了大诗人,只因为春天和秋天太短。一年仿佛只剩了冬夏两季,看不够春花秋月,不是挥汗如雨,就是冻得手指僵硬,怎么写得出诗呢?

今年,我手植的三株玉兰树第一次在我的屋顶花园里开花。它们以香气袭人的方式轰轰烈烈地向我宣告夏天的来临。这种花另有一个优雅的名字,叫玉簪花,曾经频频出现在唐诗宋诗里。玉簪,状其含苞欲放时的姿态。盛放之后,就像一只佛手,花瓣娇软地翘着,散着清幽的香味。这种花,无论形色味,都像美人。

玉兰花一开过,我前年从云南带回来的三角梅又要开了。三角梅是亚热带植物,在福建、云南,一年四季如火如荼,浓绿中蓬勃着大红大紫,匍匐在人家的大门边上,喜气得很。我用小瓦盆装着,带回来两棵,想着它长得很快,赶紧又给换了一尺五的大绿陶盆。果然噌噌地直往上蹿。到七月份,花开了,真个是姹紫嫣红,烂漫一片。别人从我家楼下过,忍不住要抬着头往这蓬花望,直望到眼酸脖拧,才艳羡不已地走了。

到了冬天,我一直担心的事果然发生了。三角梅受不住湖南漫长的阴冷潮湿,枝叶全部冻死了。看着那些枯枝败叶,想着它夏天时的繁盛美丽,我心里真有一点幻灭感。生命如斯,真如一梦。

不久,我的舅舅来长沙小住。舅舅文雅如诗人,却是家乡远近有名的种西瓜好手。他来到我的屋顶花园,用小刀拨开三角梅根部

的树皮，说，这花没死。他三下五除二，贴根儿把三角梅的枝叶全部剪掉，手法果断，毫不怜惜。他告诉我，只要根部的树皮还是青色的，树就还有生命。这三角梅，暴露在外面的枝叶冻坏了，可根在土里埋着，土里暖和，根冻不死。只要根还活着，来年开春会长好的。

也是去年夏天，我兴致勃勃买回几盆栀子花，正当花期，满树绿玉一样的蓓蕾，可赶上几个阴雨天，花苞一个未放就全部掉了，我苦苦等了一年，想着今年花期来了，总该开几朵花吧？谁料不但花苞无有一个，连枝叶都是奄奄一息的样子，只能勉强说是还活着。妻从朋友家回来，告诉我朋友家的栀子花开得密密簇簇，银光四射。朋友的诀窍只有一个，剪枝。凡是细弱的多余的枝叶，一概当机立断剪掉。每一次花期一过，要尽可能剪去冗枝，千万别心疼。

我还有一盆铁树，连盆带树已有一人多高。我曾焦急地守着它长。可它真像一盆铁做的树，好几个月不动一点声色，毫不体谅我的殷切之心。我都不耐烦了。可是到了深秋，它仿佛一夜之间，冲出一簇绿箭，满披白细的茸毛，油光水亮，既给了我一个惊喜，又是对我浮躁心态的嘲笑。

我一向不爱读那一类生命感悟的文章，总以为过于做作，又俗套，又小家子气。可是，这些花花草草确实让我想到很多。有些对于花花草草是非常简单的道理，放到人的生命里就不那么容易被看清楚了。

希望是厄运的忠实的姐妹。

——普希金

一、把敌人变成人

幸福的铃声

【徐 薇】

第一次强烈地想和老爸通电话是在十年前，他生日的那天。

那时候，我还在南方读书，缴了学费，家里已无力支付我的生活费。日常开支基本上依赖学校的特困生补助和一些微薄的奖学金。我穿的衣服，是姐姐的衣服改制而成的，鞋子是母亲在灯下一针针纳好的，盖的被子是父亲借了亲戚家的棉花用一天一夜亲手弹制的……

学校离家实在是太远了，为了省下路费，大学四年我没回过一次家。每个周末我都坐在校园的紫荆树下给父亲写信，告诉他，我又考了全年级第一名，拿到了一等奖学金；我在那件从高中就穿的旧衣服上贴了一朵精致小花，穿在身上仍然漂亮；还告诉他，我们学校有一种紫色的花，常常在我写信的时候落下一两片，非常美丽温柔，但是在梦里我仍然见到的是家乡那片白绿交杂的生动的白桦林……

并不是每封信都会寄出去，毕竟八分的邮资对我来说可能就意味着早上要吃不饱去上课。何况父亲并不识字，每次要走到几里外的二姨家才能听到我的信。

没有信的日子，父亲是那么盼望能够知道女儿一切安好。于是，我的能解决一切困难的聪明父亲想出一个绝妙办法。他让二姨在回信里告诉我，镇上的一个小商店有电话，他和老板很熟，已经说好了，以后每个星期六晚七点我把电话"打"过去，他会准时候在那里。

而他，其实并不接那电话，只笑呵呵地张开嘴，贪婪地听着那

美妙的来电铃声,直至它最后消失。他一直觉得那欢快的铃声就是他女儿的真心笑声,只要女儿的电话铃声准时响起,他就明白女儿在他乡一切都好。

我家所在的村庄离镇子大概有近十里的路,中间有一片宽广的白桦林。每个星期六的黄昏,我的父亲,一个中年的东北汉子,会雄赳赳气昂昂地两次穿过那片白桦林。母亲说村子里的人这一天都能听到他嘹亮的歌声。

我还记得那个大雪纷飞的周末,那天是父亲的生日,我多么希望他能接我的电话,我有多少话要亲口对他说呀。

我的论文在一家核心刊物上发表了,稿费我拿来买了马海毛,准备亲自给您织条围巾!有一个师兄一直和我每月去做义工,他说他也要给您"打电话"!我们寝室昨晚评比,老爸您获得"最有创意老爸"称号!还有,我要对您大声说,老爸,生日快乐!

可是我的笑呵呵的父亲等到铃声消失后即刻站了起来,昂首走出了商店。等我手忙脚乱再插好卡拨电话过去时,商店老板告诉我:"闺女,外面都是白色的呢,你老爸现在应该走进那片白桦林了吧,我这里是看不到他的影子了,你老爸棒呢,走起路来,谁都赶不过他。"

那晚,我做了一个梦,梦见我的父亲穿着红篷披风站在那片白桦林里,四周都是电话机,他拨电话给我,爽朗地大笑,闺女呀,老爸现在有好多电话了呀!

据说,父亲后来接到我的来信,听到我非常希望那天他接电话,想亲自对他说生日快乐时,大笑:傻丫头,我不都在电话铃声里听到了嘛!

一、把敌人变成人

在黑暗中的追求

【佚 名】

19世纪美国著名女作家海伦·凯勒,小时候真不幸,一岁时生了一场大病,结果双目失明,耳朵也聋了。

从此,小海伦掉进了没有声音,也没有光明的世界里。她哭着吵着,父母的心都碎了。

这孩子今后怎么办呢?

当小海伦7岁时,父母请来一位教师,帮助她学习文化。可是,小海伦看不见字,也听不到老师讲的话,怎样学文化呀!她很难过。后来,老师想了个办法,先给她一个玩具娃娃玩,然后用手指在她小手上拼写"玩具娃娃"几个字。她马上对这种用手指写字的方法产生了兴趣,学习非常用功。

从此以后,小海伦就用这个办法认字。她一个字一个字地记着,学会拼写不少字。

在识字的基础上,小海伦又向学说话进军。学说话,对健康的孩子来说,不是一件难事,但对又瞎又聋的小海伦来说,却是难上加难呀!老师把要讲的话拼写在她的手上,她也不知道怎么讲。因为她根本不会发音。

为练习发音,老师讲话时,小海伦把手放在老师的脸上,感觉老师的舌头和嘴唇是怎么动的,然后自己模仿着说一些字母。经过不知多少个日日夜夜的苦练,她终于能说话了。父母高兴得热泪盈眶。

接着,坚强的海伦开始向写作关进军。她11岁时,语文水平甚至超过了同龄正常儿童的水平。

海伦不怕困难,不懈努力,通晓五国语言文字,写出了14部著作。美丽的生活在向她招手。

人的一生可能燃烧也可能腐朽，我不能腐朽，我愿意燃烧起来！

——奥斯特洛夫斯基

一个没有受到献身的热情所鼓舞的人，永远不会做出什么伟大的事情来。

——车尔尼雪夫斯基

人生的价值，并不是用时间，而是用深度去衡量的。

——列·托尔斯泰

二、和平的声音
ER HEPING DE SHENGYIN

黑色郁金香 / 菲利浦·克拉伯
放风筝的那一天 / 富　勒
原子弹落下的那一天 / 索耶尔
和平的声音 / 王剑冰
这片土地是宝贵的 / 佚　名
小囚徒 / 雅各布·彼得赛尔

黑色郁金香

【菲利浦·克拉伯】

在德军占领的最后一个冬天,荷兰的天气出奇的寒冷,食品短缺,人们饥寒交迫,开始吃小动物和其他平时不会想到拿来入口的东西。有人发现郁金香球茎可以食用,就像是土豆或者是洋葱一样。

几个世纪以来,我母亲的家族——范·德·凡德兹家以培育郁金香的高超手艺闻名,村子里的很多人都仰赖他们家族为生。他们培育的"范·德·凡德兹"郁金香球茎大量出口到海外。家族的名声远近闻名。但是战争破坏了这一切。

在那个饥饿的冬天,我的外祖父阿诺迪斯,把所有的球茎都贡献出来给了村里最饥肠辘辘的人。所有的,除了几个无与伦比的球茎。多少年来,外祖父一直努力想培育出黑色郁金香。在他之前,从没有花农成功过,而他非常接近成功了。他宝贝似的守护着那几个郁金香球茎不要被人偷走果腹,甚至连家里人也不行。因为吃掉它们只够给一家人塞牙缝,却会毁掉他战后东山再起、重振整个村庄的机会。

一天,地下电台宣布战争结束了。人们欢欣鼓舞。但是更艰难的磨难到来了,侵占我们国家五年之久的德国军队开始一个营一个营地撤退。在他们撤退的时候,一些士兵一边仓皇逃向德国,一边沿路抢劫掠夺。举目之处,遍地疮痍。荷兰人仍然生活在水深火热之中。

外祖父看着他苍白、羸弱的孩子们,觉得也许到把他宝贵的球茎给孩子们吃掉的时候了,这样总比落在那些四处抢劫的德国士兵手里要好。几个小时的痛苦思索后,他拿起一把铲子,走到花园里。在那里他看见了我的母亲。那时,母亲还只有七岁,满面通红,神

二、和平的声音

情激动:"爸爸,爸爸,我得告诉你一些事情。"越过她的肩膀,外祖父看见一帮喝得酩酊大醉、沿路抢劫的士兵朝着他家的方向走来。他让我母亲回到屋里去,开始拼命地挖他的郁金香球茎。一下又一下,他的铲子全落了空,太迟了,有人已经把它们偷走了。急怒攻心,外祖父冲到街上声嘶力竭地喊道:"他们偷走了我的郁金香球茎!"母亲哭喊着,跑上前来拦阻他。还没等到她跑到跟前,一个德国士兵举起了枪,向他开了火。虽然德国已经签署了投降协议书,但是宵禁令依然有效。外祖父的举动违反了宵禁令。

外祖父大难不死,身体慢慢地恢复着。他终于可以离开病榻,却只站在窗前,望着他的花园一言不发。奇怪的是,母亲也开始变得沉默寡言,哪怕在战前她是那么一个活泼开朗的孩子。

直到一天,外祖父注意到在破碎的砖瓦下面有什么东西正在悄悄萌芽。他指给母亲看那些嫩绿色的新叶。母亲愣了半天,突然歇斯底里地放声大哭起来。在断断续续的抽泣中,她告诉外祖父那是他的黑色郁金香球茎。外祖父把母亲紧抱在怀里,惊愕不已地听着她的故事。

就在外祖父被枪击中之前,一个好心的德国士兵跑到花园里来找母亲。占领时期,他曾驻扎在外祖父家隔壁。他在德国的家里也种植有"范·德·凡德兹"郁金香。他看到外祖父用他宝贵的球茎来救济邻居们,猜到也许外祖父家里还藏着一些。那名士兵警告母亲说有一群德国散兵正朝这条街走来,催促母亲赶紧把花园里的球茎取走藏好,不然一定会被找到的。他恳请她不要向任何人提到他的名字,否则他会上军事法庭。

就在当时,街的那头已经传来了醉酒士兵们狂笑喧闹的声音,母亲没有时间通知父亲,她赤手从泥土里把郁金香球茎从埋藏的地方挖出来,埋进邻家的瓦砾堆里。当她回到自家花园时,发现她的父亲正用铲子掘土,他一心扑在自己的活上,不容分说地驱赶母亲进屋。

接下来,外祖父便身受枪伤,母亲想去取回球茎,她知道看到它

假如没有战争

们一定会令外祖父精神振作。但当她翻过篱笆时，却吓得倒抽了一口冷气。一面摇摇欲坠的墙倒了下来，正压在埋球茎的地方。从一个小姑娘的角度看来，没人能把上面的重物移开。母亲是那样的伤心难过。她决定不把这件事情告诉任何人。

但是，一定是冰雪消融的日子里，雪水不知不觉地渗入土地，滋润球茎。等到春意盎然，新芽朝着太阳光的方向慢慢地伸展出来。

外祖父活了下来，他的球茎也是如此。

虽然花费了一些时日，但是外祖父最后还是凭着那几个郁金香球茎重建了他的事业。罕有的黑色郁金香使他们村子的收入源源而来，并提供了许多急需的就业岗位。

黑色郁金香的传奇故事和村子的复苏使战后绝望的人们开始相信，在这么多的艰难困苦之后，幸福终会再来；在这么多的牺牲死亡之后，新的生命终会继续，就仿佛郁金香花会在毁灭中涅槃，重新绽放吐蕊一般。整个荷兰也会如此。

虽然外祖父家族一直努力寻找当初那名报信的德国士兵，但始终未能如愿。范·德·凡德兹家族决定用另一种方式来报答他的勇气和仁慈。第二年，母亲的弟弟出生，心怀感激的家人们用德国士兵的名字给他命名——卡尔。

呼喊的深渊中，从一切憎恨的深渊中，我要向您高歌，神圣的和平。

——罗曼·罗兰

ER HEPING DE SHENGYIN

二、和平的声音

放风筝的那一天

【富 勒】

弟弟奔进厨房，大叫："线！我们还要很多线！"

那天是星期六，照例很忙。爸和邻家的柏先生在外面忙，妈和柏太太在家里忙，两家都在忙着春季大扫除。这种刮风的天气，最宜于清理衣柜，大小毛衣已在后院晒衣服的绳子上飘扬。

可是，男孩子们却溜到后面空地上去放风筝了。现在，又派弟弟回来要线，不怕弟弟被扣下来打地毯。看来，今天的风筝要一飞冲天了。

妈看看窗外。晴空一碧，春风清峭，蔚蓝的天空白云舒卷。漫长的寒冬已经过去了，今日已见春光。妈望望客厅，家具零乱，准备清扫，又回头望望窗外："走吧，丫头们，我们送线去，看他们放风筝。"

半路上遇见了柏太太，她粲然含笑，也带着几个女儿。

像这样的天气放风筝再好没有了！这种天气实在难得！我们带来的线都放完了，而风筝还在往上飞。只见天上几个橘红色的小点，若有若无。因为想看风筝扶摇直上，我们有时把一个风筝慢慢地收回来，然后又再放上去，心里有说不出的快乐。我们拉着风筝跑，看见风筝婆娑生姿，心里有说不出的兴奋。

连两家爸爸也放下锄头钉锤跑来了。两家妈妈也放了一下风筝，欢笑得像少女一样。她们发髻松散，披在两腮；花布围裙像旗帜似的飘扬。真想不到，大人竟和我们一起玩得这样开心！我偶然瞧了妈一眼，竟觉得她很漂亮，而她已年过40了！

假如没有战争

那一天的时光,不知道是怎样过去的。只觉得时间停住了,风和日丽,一片灿烂。我想,每一个人都已浑然忘我。父母忘了家事和尊严,孩子忘了吵嘴和打架。"天堂也许就是这样。"我在瞎想。

天色渐晚,我们晒够了太阳,吸饱了新鲜空气,意兴阑珊,一步一拐地走回家。

说也奇怪,我们后来就再也没有提过那一天的事。我觉得有点惆怅。别人显然没像我那样欣喜欲狂,念念不忘。我只好把这个记忆锁在心底深处,专门存放"似假还真的事"的地方。

岁月消逝,有一天,我在厨房里忙得不可开交,赶着想把一些事做了。我的三岁的女儿却吵个不休,要"到公园去看鸭子"。

我说:"不行。我的事好多,这个要做,那个也要做,等做完了,我也累得走不动了。"

妈那时来到城里,在我的公寓小住,她把手中剥的豌豆放下,抬起头来说:"天气真好,真是风和日暖,叫我想起从前我们放风筝的那一天来了。"

我本来忙得团团转的,一会儿跑到炉子边,一会儿跑到水槽边。我忽然停了下来,心底深锁的门开了,记忆潮涌。我解下围裙,对小女儿说:"走,天气真好,应该出去玩玩。"

转眼又过了10年。大战刚刚结束,柏家的小儿子从前线回来,我们整晚都在问他作战俘的经过。他本来滔滔不绝地谈,但是忽然沉默下来,良久不发一言。他在想什么?惨痛的回忆?

"喂!"他莞尔一笑,"你还记得吗?你当然不记得了。你大概不会有我这样深刻的印象。"

"记得什么?"我屏住气,几乎不敢说。

"我在战俘营里,每逢情况不好的时候,就常想那一天。你还记得我们放风筝的那一天吗?"

冬天来了,柏先生去世,我非去看柏太太不可。但是我心里又有点怕。我真不敢想象柏太太以后的孤独日子怎么过。

二、和平的声音

我们谈着我家的人，她的孙子孙女，镇上的变化。然后，她沉默下来，低着头。我微咳一声。是的，我该谈到她不幸的境遇了。而她一定会失声痛哭。

她抬起头来，面带微笑。"我刚才在想，"她说，"那一天他真是兴高采烈。你还记得我们放风筝的那一天吗？"

世界和平是今天最宝贵的财富。
——卡里略

所有的母亲都憎恨战争。
——贺拉斯

原子弹落下的那一天

【索耶尔】

门踢开了,卫兵喝道:"快!天亮了!"接着他从小木屋的这一端跑到那一端,一路用棍子敲打屋里的80张双层床。那时是早上6点,我醒了,又开始了另一天痛苦无奈的战俘生活——我被日军俘虏至今已经3年半了,被俘时,我是高射炮连士官,在太平洋帝汶岛服役。

我没精打采,用臂肘撑着身躯,将卷起来当枕头用的绿色工装裤打开,套在灰白色的长内裤外面,再将穿着睡觉挡跳蚤的卡其衬衫下摆塞进裤头。然后我卷起草席,这是唯一将木床板和我瘦弱的躯体隔开的东西。

每天都是这样开始。大家已木然地接受了粗暴的叫醒方式、饥饿、疾病、虚弱,甚至挨打。

早晨空气清新,太阳从环绕营地的山后升起,天空湛碧如洗。司令官走出办公室,向垂挂在杆顶的旭日旗敬礼。然后转过身来面向集合的战俘——有美国人、澳大利亚人、英国人、中国人、荷兰人、印度人和马来西亚人。我们奉命眼向前望,弓腰鞠躬。他举手答礼,又带领随从在行列间检阅,然后自回办公室。

接着分发食物——木盒中装着糙米饭、几粒黄豆和几片萝卜,还有两条小沙丁鱼大小的干鱼。我们带着食物出发,每辆敞篷卡车装载20名战俘和两名武装卫兵,前往煤矿或铁厂做一天苦工,不然就是去掘取蔬菜,或是下码头卸货。

我们在弯曲多坑的山路上颠簸前进,卡车不时停住,让工作的人

二、和平的声音

下车。行驶了 30 多公里，最后抵达太田川三角洲的码头。

我跳下车来，日本班长将我派到一艘停泊在码头的生锈的 5000 吨货轮。这艘船我很熟悉，我已经一连两天在此起卸船上的红糖。我们这一工作队共有八人，四人下舱，四人在上面将糖包送进邻近的仓库。我们抛钱币，决定谁先下去搬取头两批货物。我输了，于是和凯斯、布鲁与寇尔利一同登船，他们都是澳大利亚人。上船的战俘只有我是英国人。

我们爬下金属长梯，进入窒闷的货舱。仅有的光源是一只悬晃的灯泡，以及能从上方约十米处的货舱口望见的一小片青天。我们脱去上衣，把每包糖搬上起重机放下来的载板。在黏腻粗麻布袋外麇集的苍蝇现在纷纷飞起，把注意力转至我们汗湿的身躯。堆好四包后，我们招呼甲板上的战俘，然后退至一旁，让摇荡的载板吊出舱去。

休息片刻，又吊出四包，是换班的时候了。我们正在缘梯而上之际，班长却命我们回去再搬一批。我们向他叫嚷，表示已干完分内的工作，他出言恐吓，我们只好退回下面。

忽然，强烈的白光照亮了全舱每一角落，把我们都耀盲了。船只下沉，我们跟跄后退，倒在地上。强大的力量使船摇摆震动，然后开始向右猛倾，船身撞着混凝土码头，发出响亮的刮擦声。大片大片的金属剥离了生锈的舱壁，落在我们身上。外面传来的隆隆声不断增强。

海浪冲击船身，我们听见甲板上的索具被强风扯断。电灯熄灭，我们在黑暗中躺着，吓得不敢动弹，船被抛得晃荡跳跃。我们攀住黏腻的糖包，非人间的怪异巨响不绝于耳。

狂暴恐怖的动乱慢慢地平息，船稳住了，倾向一旁。我仰望舱口，青天已变成铅灰色。在耳鸣声中，我听见澳大利亚人在说话。

"吓死人！是怎么回事？"

"恐怕是炸弹落在了码头上。"

假如没有战争

"我没听到爆炸。你们呢?"没有人听见爆炸,那不可能是炸弹。"那么是什么呢?"

我们用手拢着嘴大声呼唤,想让别人听见。结果毫无反应。舱内温度陡然升高,热得简直无法忍受。我们决计爬出去。布鲁抓住梯子,随即一声大叫放开了手。金属梯烫得不容手握;连水下的舱壁摸起来也是热的。我们只好待在这烤箱似的货舱里。

不久我们听见了雨声,巨大的黑色雨点从舱口落入舱内。我们觉出不妙,急忙退避,雨点变成如泼如泻的大雨,打湿并染黑了起重机载板上的糖包,我们远远避开,恐惧莫名,只有坐看这怪异的滂沱黑雨。雨停了,它来得突然,去得仓促。

现在外面静得出奇,不时听见砖石破裂然后坍塌的声音。我们再次呼唤,但是只有自己的回声在这热不可当的暗窟内荡漾。

过了很长一段时间,才听见甲板上有人走动。我们跳起来,再次呼唤。一个戴白口罩的脸由舱口望下来。他用日本话叫道:"等着!等着!不要出来。"

"出了什么事?"

"危险之至!火!很多人死了。等着!"他说着走开了。

我们等待,猜不透是怎么回事。大约一小时后,这名码头管理员回来了,他用绳索吊下一只篮子,里面有一瓶水和几盒饭。我们坐下吃饭,倾听远处的铲土声和嚷声。接着甲板上也有了更多的人声和脚步声。

舱口出现了三张戴口罩的脸。其中一人用美国口音的话说他是医生,那两位是他的日本助手。他丢下四件油布雨衣,叫我们穿好再上来。梯子已经凉了,我们爬了上来,看见到处是焚毁残破的景象。

弯曲的起重杆摇摇欲坠地斜在我们头上,司机死在操作舱内。船的烟囱横卧着,倾侧的甲板上索具凌乱,船桥全毁,我们看见左栏杆下的河流中,几十具烧焦的浮尸向大海漂去,有的还互相拥抱,

二、和平的声音

形成死状凄惨的尸群。

向上游望去，我们看到了广岛市的劫后情景。一片大约5平方公里的范围已夷为平地，几乎所有的房屋都倒塌了。铅灰色的烟尘笼罩着这片破碎的地方。

医生（在菲律宾被俘的美国陆战队少校）告诉我们，说这一切是一颗炸弹造成的，这超出了我们的常识。空气恶臭难闻，我们迅速戴上口罩，挡住了刺鼻的浓烟以及火烧人肉的气息。班长的焦黑尸体倒在船头附近，向起重机司机传达信号的战俘倒在散乱的索具中。我们默默地看着他，想起被迫退回舱内的情景，随后我们爬上码头，去找另外三个伙伴。

仓库的顶盖掀掉了。墙上的时钟还在走，指针在变黑了的钟面上指着8点15分。民防工作人员在搬运码头上散布的死尸。他们想把尸首抬起，不料那烧焦的皮肤却像外衣似的剥落下来。

我们觉得恶心。我们向仓库走去，找到了那几个战俘的尸体。两个倒在地上，第三个仍在坐着，茫然睁着眼睛，眼珠则慢慢融成蜡状液汁，流下肿胀发红的脸，我们望着他，惊骇得说不出话来。

"走吧！"少校查明了我们是仅有的劫后余生者后，变得焦急不安起来，"我们帮不了忙，不如走吧。"他的意思是，今天见到的情况太可怕，须防幸存的日本人对我们报复，于是我们跟随他沿堤岸前行。我们借油布雨衣掩蔽身份，不免热得汗流浃背。我们从一群正在挖掘砖瓦堆寻找幸存者的日本兵身旁匆匆走过，然后又经过一堵烧黑了的墙壁。墙上有个灰色的人身轮廓，看来像幽灵似的，这人在闪光出现时刚好靠墙站着。少校的脸上也曾刮破流血，途中他告诉我们，他服务的医院倒塌了，而他居然不可思议地逃过一劫。他被砖瓦所埋，自己奋力钻了出来，参加救护工作。他告诉我们，在炸弹爆炸时，有两个妇人正在往医院里走。一个死于闪光，另一个的衣服则全被吹掉，但她却保全了性命，裸露的肌肤上并没有伤痕。

假如没有战争
JIARU MEIYOU ZHANZHENG

我们走过市郊一处广场，那里已改为医疗站。挤满了排队候诊的人，有许多人身上烧伤，还在流血，赤裸的躯体肿起来了，悬吊着长条的皮肤。没有人歇斯底里或惊慌失措，只有急救队在默默地紧张工作，另有些人在茫然旁观。我生平第一次感觉到日本人可怜，并替他们难过。"看看这种可怕的折磨吧，"少校摇头说，"难道有必要吗？他们反正已差不多战败了。为什么还要干这种事？为什么？"这是军人时常提出的问题。

少校带我们到集合地点，那里停放了几辆军用卡车，他向当值军官说明原委。一名十几岁的兵提着步枪押我们上车。我们上车后脱掉雨衣，还给少校。多亏他及时搭救，我们感激不尽。

我们回到战俘营，只见四周的篱垣倒塌了，一栋贮藏室掀掉了屋顶。他们说是一阵怪风吹坏的。我们告诉他们那是炸弹炸的，大家都不信。

我们去至水槽，一再用水冲洗身体，涤除这一天接触到的景象和气味，然后倒在床铺上，觉得疲惫不堪。战俘中的美国上校走进来了，叫我们去找战俘医生，接受检验。我们虽然心力交瘁，身体倒毫无损伤。

晚上点名时少了四个人，他们猝死的惨状只有凯斯、布鲁、寇尔利和我知晓。随后卫兵叫我们去操场集合。司令官带领随从出来，我们照常弯腰鞠躬。他举手答礼，下令稍息，并开始用英语讲话。

"今天，美国在广岛投了个大炸弹……"讲到生命财产的损失时，他激愤得提高了声音，并且又搬出挑衅的口吻，"要是日本有大炸弹，日本会去炸旧金山。"他翻来覆去这么说，遍数他想得起的美国城市，我们则望着那挺有人把守的机枪，越来越惶恐不安。接着，他宣布俘虏营撤离，要押解我们乘火车去本州西北岩的新潟，我们这才感到如释重负。

在上卡车去车站之前，我挪开一个床板，将藏在下面的小笔记簿摸出，那是我花了三年半时间用铅笔写的日记。我把日记和未婚妻

二、和平的声音

玛丽的那张卷了角的照片，一并塞进衬衫，然后去排队准备上卡车。

黄昏时分，我们开始了北上的漫长旅程。我听着车轮在铁轨上辗出的有韵律的声响，心头泛起了一丝希望，觉得这也许是回返自由的第一段行程，是不人道奴役岁月结束之始。

战争一开始，地狱便打开。
——英国谚语

假如没有战争

和平的声音

【王剑冰】

走进堪培拉的战争纪念馆,不由得让人内心紧张起来。那些仿真的军事装备和战争的场景,让你立时有一种置身战场的感觉。

战斗最激烈的前沿阵地,战场紧急救护所,剧烈晃动的甲板上,腾跃拼杀的机舱里。震耳欲聋的枪炮声,声嘶力竭的喊杀声,飞机的俯冲声,海浪的拍击声。照明弹,曳光弹,幽暗的光,强烈的光,红色的闪,蓝色的闪。氛围让人恐惧,空气让人窒息。仿佛一下子被推向了一个死亡的现场。你别无选择,你不得不面对,不得不拼死一搏。你不属于你自己,生命随时都会从你的身上消失。

我几乎是冲出来的,我费了好大的周折。

我采取了迂回的方式,但还是好几次找错了路,我在规定的时间里几乎出不去了,嘴里不停地冲着人喊着:OUT!OUT!身临其境的各色人等,还以为我是个突然冒出的逃兵呢,慌忙闪身避让。只有一个管理人员明白了我的意思,为我指引了一条通道。

从战争纪念馆出来,映入眼帘的是蓝天白云,是宽敞的绿色的草地和大片的树林。一群群的鸽子在台阶下的广场上自在地翔落。和煦的阳光普照着一切。让人有一种大难逃生、大梦初醒的感觉。

我明白了,将战争纪念馆建在这样一个美丽的地方,就是要让你于反差中有所反思和警醒。每一个生命都追求自由与和平,都向往生活的美好和生存的质量。

我在纪念馆里看到一件洁白的婚礼服。那是手工一针一线精心缝制的,甚至胸前的花都做得毫不含糊。半通的英语水平使我知道,

二、和平的声音

这是在战争中举行的一次婚礼上所用的礼服。但我没有听懂,这件白色的礼服,竟是用敌人的降落伞缝制而成。当我从一个懂中文的当地人那里知道这些之后,我惊异地在那个玻璃柜子前站了好半天。这也许不是一次场面宏大的婚礼,但即使是在战火纷飞的硝烟中,也要追求完美和幸福,并使之尽可能地达到极致,哪怕随后即是一场狂轰滥炸的灭顶之灾。

在纪念馆的走廊上,镶着一排排的黑色的石碑。石碑上刻着的是一行行好看的英文字母。有些字母旁边的石缝里,插着一朵朵红色的小花。我明白了,这是牺牲的烈士名单。第二次世界大战时期,澳大利亚的参战士兵并不是很多,但战争对他们的影响是很大的。为了让后人知道战争的惨烈和和平的重要,政府不惜巨资建造了这样一座纪念馆。

享受生活的人们,总是把他们的心意表达在那些小红花上。我看到,在纪念碑前默立的,有苍髯的老者,也有满脸稚气的少女。这天并非是什么节日或纪念日,人们完全是出于一种自然的行为。

那些红色的小花在阳光里吹奏着和平的祝愿,风中款款舞动的花瓣,像活泼跳跃的再生的精灵。一个精灵掉落了,我上前捡起来,帮她重新回到原来的位置。为什么不是白色的而是红色?也许红色代表着昂动不息的生命吧!

离开纪念馆,车子始终穿行在绿树红花间。战争的阴影越来越远了,身旁陡然响起了谁的笑声。

这片土地是宝贵的

【佚　名】

1854年,"华盛顿特区"的白人领袖提出购买美国西北部的大片印第安人领地,并承诺为当地印第安人划出一片"保留地"。以下,就是当地印第安人首领的回答:

对于我们这一个民族来说,这片土地的每一部分都是神圣的。

每一枝闪闪的松叶,每一处沙滩,每一小片耕地,每一只嗡嗡鸣叫的昆虫以及浓密的丛林中的薄雾,在我们这个民族的记忆和体验中,都是圣洁的。就连树木中流淌的树液,也满载着我们的记忆。

我们是土地的一部分,土地也是我们的一部分。

芬芳的花朵是我们的姊妹,鹿、骏马、雄鹰是我们的兄弟。

崎岖的峰顶、野草的汁液、动物、人都属于同一个家族。

因此,当华盛顿的首领说他希望购买我们的土地时,这对我们来说多么不寻常。首领还说他要为我们划出保留地而使我们舒适地生活。他会成为我们的长辈而我们成为孩子,所以我们会考虑你们购买土地的要求。这不是件容易的事,因为对我们来说,这片土地是神圣的。

溪流河川中闪烁的水流不仅是水流,而且是我们祖先的血液。

如果我们将土地卖给你,你一定记住这片土地是神圣的并告诉你的孩子它是神圣的,每一个湖水中的倒影都叙述着我们民族的经历与记忆。

河水的低语就是我们祖先的低语。

河水是我们的兄弟,它解除我们的干渴,运载我们的独木舟,

二、和平的声音

养育我们的孩子。如果我们将土地卖给你，你一定要记住，并告诉你的孩子：河水是我们，也是你们的兄弟，因此，你如何善待自己的兄弟，就如何善待河水。

印第安人喜爱雨后的清风的气息，以及它拂过水面时的声音，和风中松脂的幽香。

空气对我们也是宝贵的，因为一切生物都共呼吸。人、树、动物亦是如此。

但如果我们将土地卖给你们，你们要记住，这片土地是宝贵的。空气与它滋养的生命是同一的，清风给予我的祖先第一口呼吸也接受他最后的叹息。

如果我们将土地卖给你们，你们要照管它，保持它的神圣，使它成为一个白人也能在这里闻到充满芳草香气的地方。

因而，我们将考虑你们购买的要求。如果我们决定了，我要提出一项条件：你们一定要像对待自己兄弟一样对待这片土地上的动物。

没有了动物，人会怎样？如果所有的动物都死去了，人类也会由于精神上的孤独而死去。

因为降临到动物身上的命运也终究会降临到人类身上，世上万物都是联系着的。

你要告诉你的孩子，他们脚下的土地是祖先的遗灰，这样，他们就会尊重这片土地。告诉你的孩子，这片土地由于拥有我们的亲族的生命而变得更丰饶。

像我们教导孩子一样告诉你们的孩子，这片土地是我们的母亲。

降临到大地上的一切终究会降临到大地的儿女们身上。一个人蔑视大地，就等于蔑视自己。

我们深知：大地不属于人类，而人类是属于大地的。

小 囚 徒

【雅各布·彼得赛尔】

一天,9岁的女儿问我:"爸爸,什么是安全、保险?"我有点困惑地反问女儿:"你是想问什么?是保险柜吗?是不是想把你的芭比娃娃都锁到保险柜里?"

女儿马上纠正我:"不,我是想知道在耶路撒冷,哪儿是安全的、保险的。"我有些不安地问:"你为什么问这个问题呢?"女儿认真地答道:"因为妈妈说从今往后,我们如果想出去玩,就必须去安全保险的地方,哈尼和我想去一个安全保险的地方玩,但什么是安全呢?"

我立即在脑海里将女儿和她的朋友哈尼想去的地方"过滤"了一遍:她们最想去热闹的市中心,但刚刚遭受巴勒斯坦极端分子自杀性爆炸袭击的耶路撒冷市中心显然非常不安全,想到这里,我试图说服女儿:"你和你的朋友哈尼为什么不能呆在咱们家玩呢?"听了我的话,女儿有点不高兴了:"我整整一个星期都被困在家里,哪儿也没去过。"看着女儿略显苍白的面孔,我觉得女儿说得没错。过去的一个星期里,为了确保安全,女儿根本就没有进行过什么户外活动。

突然,我想到了一个好地方:"咱们家马路对面有一个公园,那里比较安全。"女儿马上提醒道:"可是,爸爸,难道你忘了吗?警察在公园的垃圾箱里曾发现过可疑爆炸物。他们警告我们说,如果去公园玩,必须有大人陪着。爸爸,你能和我们一起玩吗?"

我有点犹豫,我已经很长时间没有动过合法持有的手枪了,再说,

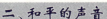

二、和平的声音

我手头还有一些工作急需完成。我又想到了"自己的"好邻居，前总理内塔尼亚胡，"听着，你们这些女孩子应该去隔壁内塔尼亚胡先生家，请他的孩子们和你们一块玩，他们有保镖和特工人员保护着，无论去哪里都很安全。"说着，我不禁暗自得意，总算为女儿和她的朋友找到了一个安全、可以放心玩耍的地方。看来，有个前总理做邻居并不是一件坏事。

但女儿却答道："爸爸，我们试过了，你还记不记得有一次妈妈和我拿着刚做好的小点心准备登门拜访内塔尼亚胡先生一家。可是门口的警卫将我们的点心扣下后，怎么也不肯让我们进去。他们说，让外人进内塔尼亚胡家不安全。"

我开始觉得有点悲哀：在偌大的耶路撒冷市，居然没有一块能供女儿和她的同伴玩耍的安全地方，事情怎么会变成这样？这时，女儿在一旁抽泣起来，我马上追问发生了什么事。女儿说："刚才，我和哈尼通过电话，她说她爸爸在她家附近发现了一个安全的地方，那里有秋千和滑梯，还有一个佩戴手枪的警卫保护小朋友，而且那里从来没有遭到过袭击。"

我欣喜若狂："太好了，那你就赶紧去哈尼家吧！"女儿的脸沉了下来："我想去，可是妈妈说我不能离开家。"我不解地问："为什么？"女儿眼泪汪汪地说："因为我得坐公共汽车才能到哈尼家。"是啊，哈尼家住在耶路撒冷北郊的拉莫特小区，开往那里的公共汽车也曾遭到巴武装人员的袭击，实际上，在目前的形势下，公共汽车早已成为最不安全的地方了。

那么，哪里能让我的女儿自由自在地玩耍呢？

和平，只有她是这个地球上最接近幸福的捷径，并且是谁都能得到手的。

——希尔泰

鲜血不是甘露，用它灌溉的土地不会有好收成。

——雨　果

三、一个人的音乐和黄昏

SAN YIGEREN DE YINYUE HE HUANGHUN

父亲的音乐 / 韦恩·卡林
一张创造奇迹的唱片 / 威廉·萨罗扬
一个人的音乐和黄昏 / 忍　冬
说诗 / 林　庚
贝多芬与第九交响曲 / 志鸟荣八郎　包　容
中国古代的建筑 / 李泽厚
哥特式建筑 / 丹　纳

父亲的音乐

【韦恩·卡林】

我还记得那天父亲费劲地拖着那架沉重的手风琴来到屋前的样子。他把我和母亲叫到起居室,把那个宝箱似的盒子打开。"喏,它在这儿呢,"他说,"一旦你学会了,它将陪你一辈子。"

我勉强地笑了一下,丝毫没有父亲那么好的兴致。我一直想要的是一把吉他,或是一架钢琴。当时是 1960 年,我整天粘在收音机旁听摇滚乐。在我狂热的头脑中,手风琴根本没有位置。我看着闪闪发光的白键和奶油色的风箱,仿佛已听到我的哥们儿关于手风琴的笑话。

接下来的两个星期,手风琴被锁在走廊的柜橱里,一天晚上,父亲宣布:一个星期后我将开始上课了。我难以置信地看着母亲,希望得到帮助,但她那坚定的下巴使我明白这次是没指望了。

买手风琴花了 300 块,手风琴课一节 5 块,这不像是父亲的性格。他总是很实际,他认为,衣服、燃料、甚至食物都是宝贵的。

我在柜橱里翻出一个吉他大小的盒子,打开来,我看到了一把红得耀眼的小提琴。"是你父亲的。"妈妈说,"他的父亲给他买的。我想是农场的活儿太忙了,他从未学着拉过。"我试着想象父亲粗糙的手放在这雅致的乐器上,可就是想不出来那是什么样子。

紧接着,我在蔡利先生的手风琴学校开始上课。第一天,手风琴的带子勒着我的肩膀,我觉得自己处处笨手笨脚。"他学得怎么样?"下课后父亲问道。"这是第一次课,他挺不错。"蔡利先生说。父亲显得热切而充满希望。

三、一个人的音乐和黄昏

我被盼咐每天练琴半小时,而每天我都试图溜开。我的未来应该是在外面广阔的大地里踢球,而不是在屋里学这些很快就忘的曲子。但我的父母毫不放松地把我捉回来练琴。

逐渐地,连我自己也惊讶,我能够将音符连在一起拉出一些简单的曲子了。父亲常在晚饭后要求我拉上一两段,他坐在安乐椅里,我则试着拉《西班牙女郎》和《啤酒桶波尔卡》。

秋季的音乐会迫近了。我将在本地戏院的舞台上独奏。

"我不想独奏。"我说。

"你一定要。"父亲答道。

"为什么?"我嚷起来,"就因为你小时候没拉过小提琴?为什么我就得拉这蠢玩意儿,而你从未拉过你的?"

父亲刹住了车,指着我:

"因为你能带给人们欢乐,你能触碰他们的心灵。这样的礼物我不会任由你放弃。"他又温和地补充道,"有一天你将会有我从未有过的机会;你将能为你的家庭奏出动听的曲子,你会明白你现在刻苦努力的意义。"

我哑口无言。我很少听到父亲这样动感情地谈论事情,从那时起,我练琴再不需要父母催促。

音乐会那晚,母亲戴上闪闪发光的耳环,前所未有地精心化了妆。父亲提早下班,穿上了套服并打上了领带,还用发油将头发梳得光滑平整。

在剧院里,当我意识到我是如此希望父母为我自豪时,我紧张极了。轮到我了。我走向那只孤零零的椅子,奏起《今夜你是否寂寞》。我演奏得完美无缺。掌声响彻全场,直到平息后还有几双手在拍着。我头昏脑涨地走下台,庆幸这场酷刑终于结束了。

时间流逝,手风琴在我的生活中渐渐隐去了。在家庭聚会时父亲会要我拉上一曲,但琴课是停止了。我上大学时,手风琴被放到

假如没有战争

柜橱后面挨着父亲的小提琴。

它就静静地待在那里，宛如一个积满灰尘的记忆。直到几年后的一个下午，被我的两个孩子偶然发现了。

当我打开琴盒，他们大笑着，喊着："拉一个吧，拉一个吧！"很勉强地，我背起手风琴，拉了几首简单的曲子。我惊奇于我的技巧并未生疏。很快地，孩子们围成圈，咯咯地笑着跳起了舞。甚至我的妻子泰瑞也大笑着拍手应和着节拍。他们无拘无束的快乐令我惊讶。

父亲的话又在我耳边响起："有一天你会有我从未有过的机会，那时你会明白。"

父亲一直是对的，抚慰你所爱的人的心灵，是最珍贵的礼物。

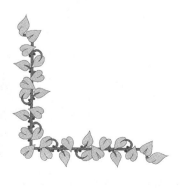

三、一个人的音乐和黄昏

一张创造奇迹的唱片

【威廉·萨罗扬】

　　1921年，我刚满13岁。一天，我从弗雷斯诺市中心骑自行车回家，车上捎着一架胜利牌手摇留声机和一张胜利牌唱片。

　　那架留声机在1935年我去欧洲旅行时，把它送给了基督教救世军。可是，那张唱片我始终保存着。我对它怀有一种特殊的感情。

　　我之所以特别喜爱它，是因为每当我听这张唱片的时候，就想起当初我挟着留声机和唱片走进家门的情景。

　　留声机花了我10元钱，唱片0.75元，两样东西都是全新的。钱是我当电报员挣的头一个星期的工资。买完这两样东西，还剩下4.25元。

　　母亲刚刚从古根海姆工厂回家。从她脸上的神色可以看出，她干的活儿是装小瓶的无花果罐头。我知道，罐头食品工最不愿装这种小瓶的罐头。因为装小瓶罐头干上一整天只能挣1.5元最多不会超过2元钱；要是装大瓶的罐头，就可以挣到3—4元钱。这个数目在那个年头是相当可观的。

　　我抱着留声机满心欢喜地走进家门。母亲看了我一眼，从眼神中流露出她那天干的是装小瓶罐头的活儿。不过，她没说话，我也没吭声。我把留声机放在客厅的圆桌上，又将唱片取下来，正反两面检查一遍。这时，我觉察到母亲正在注视着我。就在我摇动留声机的曲柄时，她终于开了腔，语调又温和又客气。我心中有数，这意味着她对眼前的事并不赞许。

　　"威利，你在那儿摆弄的是什么玩意儿？"

假如没有战争
JIARU MEIYOU ZHANZHENG

"这叫留声机。"

"你从哪儿弄来的这架留声机?"

"百老汇大街上的克莱·谢尔曼商店。"

"是他们送给你的了?"

"不,是我买的。"

"你花了多少钱,威利?"

"10 元钱。"

"10 元钱对咱们这个家来说可不是个小数目。也许这钱是你在街上捡的了?"

"不,这钱是我给邮电局送电报挣的第一周的工资,还有这张唱片花了 0.75 元。"

"那么你从第一周的工资里拿回来养家的——付房租、伙食、添衣服——共是多少钱?"

"4.25 元。我每周工资是 15 元。"

这时,唱片已经放到留声机上。我刚要把机头放在转盘上,就在这时,我突然觉得最好别再摆弄下去,还是逃走为妙。于是,我撒腿便跑。后廊上的纱门砰的一声,我跑了出来,紧接着又砰的一响,母亲追了上来。

当我围着房子奔跑时,我意识到两件事:首先,那是个美丽的夜晚;其次,莱文·凯马尔扬的父亲——一位非常严肃的人,正站在马路对面的家门前愣神儿瞧着我们,兴许还有点惊讶。毫无疑问,塔库希·萨罗扬和她儿子围着房子跑绝不是为了锻炼身体,更不是进行什么体育比赛。那么,他们究竟为什么要跑呢?

出于睦邻关系,在我要跑回客厅时,我向凯马尔扬先生行礼致意。一进客厅,我急忙把机头放在唱片上,然后赶紧躲进饭厅。从饭厅里,我既可以观察到音乐对母亲所产生的效果,在必要时还可以逃到后廊上,再跑到院子里去。

母亲刚回到客厅,唱片的音乐开始从留声机里传了出来。

三、一个人的音乐和黄昏

有那么一会儿工夫，母亲对音乐似乎根本不理会，还要继续追赶我。

突然她停住脚步，也许只是为了喘口气，也许是在听音乐——当时我说不准。

随着音乐继续演奏下去，我不能不注意到母亲要么是累得跑不动了，要么就是确实在听音乐了。过了片刻，我发现她的的确确在倾听了。我看着她来到留声机旁，而不再追赶我。我们家有6张藤椅，还是1911年我父亲活着的时候留下来的。只见她搬了一张到圆桌边，坐了下来。这时我注意到母亲脸上的疲劳和恼怒的神情已化为乌有。我站在通往客厅的过道里，等唱片一完，我走到留声机旁，从唱片上抬起机头，把机器停了下来。

母亲没有看我，只是说道："好吧，我们把它留着吧。请你再放一遍。"

我连忙摇了几下曲柄，把机头放回到唱片上。

这一次，当唱针走到唱片尽头的时候，母亲说："教教我怎么让它转。"我做了一遍给她看。然后，她亲自动手把唱片放了一遍。

不用说，音乐确实很动听。可是，就在一刹那前，她还为了我把一周的工资大部分扔在一件可笑的废物上而大发霆哩。后来，她听到了音乐，从中得到启示。是这种音乐感受使她明白了：钱不仅没有白白扔掉，而是花得很值得。

她一连把唱片放了六遍。而我一直坐在饭厅的桌子旁边，浏览着克莱·谢尔曼商店的女售货员免费赠送的一份唱片目录。然后，她说："你就带回家这一张唱片？"

"嗯，它反面还有另一首歌呢。"

我走到留声机旁，把唱片翻过来放上。

"另一首歌是什么！"

"呃，歌名叫《印度之歌》。我还没有听过。在铺子里，我只听了第一面，歌名是《巧巧桑》。您想听听《印度之歌》吗？"

假如没有战争

"请你放一遍吧。"

就这样,当家里的其他成员回家时,就看见母亲坐在藤椅上守着留声机在听音乐。

难道那张唱片不值得我永远保存吗?不应该受到我格外的珍爱吗?它几乎一下子就把母亲拉进艺术的境界里去。并且,据我所知,它标志着一个转折点,从那以后,母亲开始意识到:她儿子把某些东西看得比金钱——甚至可能比衣、食、住还重是正确的。

过了一个星期,母亲在吃饭时向大家提出,到了该拿出一些家用钱再买一张唱片的时候啦。她想知道有哪些唱片可买。我拿出目录,把上面列的名字念了一遍,但这些名字对她来说毫无意义。于是,她叫我到商店去挑一张"赫拉沙里"的唱片。

42年后的今天,当我重新听这张唱片、力图猜测其中的奥妙时,我认为是那班卓琴的节拍打动了母亲的心。琴声直接在向母亲诉说,仿佛在向一位情投意合、相互了解的老朋友倾诉衷情。与单簧管配上的班卓琴产生一种使人回忆过去、正视现在和展望未来的效果。它奏出了一个日本姑娘遭受美国水兵遗弃的心声。双簧管奏出了故事的内容,萨克管表现出忍气吞声的呜咽。

从那以后,只要家里人攻击我性格孤僻,母亲总是耐心地替我辩护,等到她实在按捺不住而发火时,她就朝他们大声嚷道:"他不是生意人,谢天谢地。"

身体的有力和美是青年的好处,至于智慧的美则是老年所特有的财产。

——德谟克利特

一个人的音乐和黄昏

【忍 冬】

黄昏是在一瞬间降临下来的。

黄昏降临时，我正独自一人在屋里。突然一个念头闪过，我起身去拿出一张唱片，把它放在唱机的唱盘上，然后提起唱针，把它轻轻放在黑色的布满纹路的唱片上。音乐立时响起。我仿佛看到一根长笛在黄昏的天空中作着悠扬的倾诉，这倾诉创造出一种纯净的意境，让我陶醉其中。

音乐如流水。音乐如花开。音乐如青春女子姣美的容颜。音乐如湛蓝的晴空上云朵的飘逸……倾听着音乐，我的脑子里汹涌出如此多的对于音乐的美好感觉，这些感觉也该是每一个喜爱音乐的人都有的吧。然而在这样一个黄昏，一个初春时节各种生命正如青草一样蓬勃的黄昏，我面对着自我的孤独，当音乐把我紧紧拥抱，就像一个美丽女子拥抱她至爱的情人时，我的心如春水波动，甚至还有一点点不可抑制的颤抖。我开始觉得，以往那些拿来形容音乐的美好词汇于音乐而言都是苍白的。音乐其实是一根朴素的闪着金属光泽的针，一点点扎入我的皮肤、我的血液，直至我如潮澎湃的内心深处。这是一种给人快慰给人激情的疼痛，这疼痛直入人心，让人深切地感受到，音乐，唯有音乐，能够与人的灵魂共舞。

当然，忘情于音乐的同时，我无法漠视我周身的黄昏。如果说，音乐有一种直入人心的力量，那么黄昏便有着一种渲染天地的气势。黄昏仿佛是一株绿荫如盖的树、生长在昼与夜的夹缝里。昼的光明与夜的黑暗，一如两种不同风味的果实，一并悬挂在黄昏这株大树的树枝上。打黄昏的树下走过时，我们都不禁抬头仰望黄昏所呈示

假如没有战争
JIARU MEIYOU ZHANZHENG

给我们的那种独特的情调。这情调让人忧郁，又给人智慧，更让人体味到光明与黑暗、生命与死亡的矛盾和统一，并由此感悟到光明与生命的珍贵，而黑暗与死亡，就像铺垫在人类身后意味深长的背景，给人以生命匆遽的警示。

而此时，音乐舞蹈在黄昏时分，或者说，音乐突入黄昏，在黄昏这株覆盖世界的大树上，在光明与黑暗、生命与死亡的夹缝地带作着舞蹈般的飞翔。音乐是轻盈的，也是沉重的；音乐是平缓的，也是激昂的；音乐是欣喜的，也是悲壮的。似乎音乐一旦被黄昏所浸染，就不再是缥缈得不可捉摸的虚无，而变成了实实在在的生命或果实：是生命，走在广袤的世界上，前方是不可预知的山山水水，身后是不容毁弃的悲悲喜喜；是果实，高高地悬挂在黄昏树的树枝上，闪烁着智慧而诱人的光芒。

想象着黄昏是一株树，倾听着音乐是一种生命的舞蹈，我独自一人，端坐在初春的时节里。一个人的黄昏，一个人的音乐。我执著地放飞自己的感觉，就像放飞两只各自孤单无依的鸟儿，然后祈祷它们相互飞向对方，让彼此在对方的眼睛里看见各自飞翔的姿态。黄昏中浸染着音乐，音乐中弥漫着黄昏，而透过音乐和黄昏，我意在看到一个真实的自己。我的那个自己，也如一只鸟，在黄昏中飞翔，自由地掠过天际，对理想的渴求就像鸟翅的扇动，执著而充满信心；在音乐中飞翔，让音乐的针尖扎入我充沛而浪漫的情感，让心灵时时以疼痛的姿态刻画出生命的精彩来。我之所以喜欢一个人独坐黄昏，倾听音乐，是因为唯有如此，我才能让自己的心灵以最优美的姿态最自由的思想在天地之间飞翔。

然而，黄昏不能作长久的停留，音乐也有寂然的时候。当我从沉思中惊醒，再去放眼窗外的时空，只见黄昏已不再，一丝忧郁悄然袭上心头，但这种忧郁稍纵即逝。当我想到，此时，光明已化作另外一种形式，与春天的气息水乳交融，而我周身的音乐已尽情散开在春天的天宇中，以悠然、流畅的旋律催绿枯涩的树木，那黄昏那音乐，便悄然在我的心间融成一片春意盎然的绿洲了。

三、一个人的音乐和黄昏

说　　诗

【林　庚】

风萧萧兮易水寒，壮士一去兮不复还。

　　荆轲以此得名，而短短的两句诗乃永垂于千古。在诗里表现雄壮的情绪之难，在于令人心悦诚服，而不在嚣张夸大；在能表现出那暂时感情的后面蕴藏着的更永久普遍的情操，而不在那一时的冲动。大约悲壮之辞往往易于感情用事，而人在感情之下便难于辨别真伪，于是字里行间不但欺骗了别人，而且欺骗了自己。许多一时兴高采烈的作品，事后自己读起来也觉得索然无味，正是那表现欺骗了自己的缘故。《易水歌》以轻轻二句遂为千古绝唱，我们读到它时，何尝一定要有荆轲的身世。这正是艺术的普遍性，它超越了时间与空间而诉之于那永久的情操。

　　"萧萧"二字诗中常见。古诗："白杨多悲风，萧萧愁杀人。""风萧萧"三字所以自然带起了一片高秋之意。古人说"登山临水兮送将归"，而这里说："壮士一去兮不复还"，它们之间似乎是一个对照，又似乎是一个解释，我们不便说它究竟是什么，但我们却寻出了另外的一些诗句。这里我们首先记得那"明月照积雪"的辽阔。

　　"明月照积雪"，清洁而寒冷，所谓"琼楼玉宇，高处不胜寒"。《易水歌》点出了寒字，谢诗没有点出，但都因其寒而高，因其高而更多情致。杜诗说"风急天高猿啸哀"，猿啸为什么要哀，我们自然无可解释。然而我们不见那"朔风劲且哀"吗？朔风是北风，它自然要刚劲无比，但这个哀字却正是这诗的传神之处。那么壮士这一

假如没有战争
JIARU MEIYOU ZHANZHENG

去又岂可还乎？一去正是写一个劲字，不复还岂不又是一个哀字？天下巧合之事必有一个道理，何况都是名句，何况又各不相关。各不相关而有一个更深的一致，这便是艺术的普遍性。我们每当秋原辽阔，寒水明净，独立在风声萧萧之中，即使我们并非壮士，也必有壮士的胸怀，所以这诗便离开了荆轲而存在。它虽是荆轲说出来的，却属于每一个人。"枯桑知天风，海水知天寒"，我们人与人之间的这一点知，我们人与自然间的一点相得，这之间似乎可以说，又似乎不可以说，然而它却把我们的心灵带到一个更辽阔的世界去。那广漠的原野乃是生命之所自来，我们在狭小的人生中早已把它忘记，在文艺上乃又认识了它，我们生命虽然短暂，在这里却有了永生的意味。

专诸刺吴王，身死而功成，荆轲刺秦王，身死而事败。然而我们久已忘掉了专诸，而在赞美着荆轲。士固不可以成败论，而我们之更怀念荆轲，岂不正因为这短短的诗吗？诗人创造了诗，同时也创造了自己，它属于荆轲，也属于一切的人们。

如果善确实在作品中，并且表现出来，那时作品才真正是美和善。

——狄德罗

三、一个人的音乐和黄昏

贝多芬与第九交响曲

【志鸟荣八郎　包　容】

每当我聆听贝多芬的《第九交响曲》时，就要想起雄伟的富士山的黎明。那强烈的感受似乎令你浑身都为之震撼。

正如那座富士雄峰，《第九交响曲》傲然耸立在古今众多的交响乐之林。

罗曼·罗兰评述《第九交响曲》时写道：

"《第九交响曲》是汇流点。从非常遥远的地方，而且是从完全不同的地方汇集来的许多奔流——一切时代的、人类的各种各样的梦想和希望，都混杂在里边。而且，它和另外8部交响乐也不一样，也可以说它是从山顶俯瞰过去的一切。由于《第八交响曲》和《第九交响曲》之间经过了漫长的岁月，它的视野变得格外宽阔，所以才能俯瞰着他的'生涯的全书'而飞翔。"

这部《第九交响曲》可以说就是贝多芬的"生涯的全书"。

罗曼·罗兰还说："贝多芬的一生，有如暴风雨的一天。"的确，他的一生就是悲惨的苦难的延续。他出生在"不幸的星光"之下，少年丧母，他不得不为了照顾酗酒的父亲和弟弟们而苦斗，好不容易才盼到他和朱丽叶塔·格依恰尔蒂的恋爱将要成熟，却又横遭失败，26岁就患了可诅咒的耳疾，终于导致他决心自杀。

使曾经一度在死亡面前彷徨的贝多芬重新站起来的是音乐的伟大的力量，贝多芬在海利根施塔特遗书中写道：

"唉，我总不能不完成应该做的工作就离开这个世界吧。我就是抱着这个心愿，才继续活下去的。"

假如没有战争
JIARU MEIYOU ZHANZHENG

贝多芬鼓起勇气站起来了，他扼住了命运的咽喉，而且是拼命地把它咬断。现在，在他的面前闪烁着晨曦，一条新的道路敞开了。罗盘针恢复了正常，扬帆启程了。他那英勇的求生的精神，终于赶跑了死神。

他的第二人生，是他奋发图强、勇于创造的时代。他从社交场里摆脱出来，与大自然和自己的心灵做伴。名曲逐年多起来，交响乐从《第三交响曲》(英雄)到《第八交响曲》相继问世，到他45岁(1815年)时，又开始了他的第三人生。

"在痛苦中求欢乐"是贝多芬当做信条的高尚的语言，他默默地忍耐着像潮水一般涌上来的桎梏之苦，期待着欢乐，期待着不知何时才能实现的人生的目标……

《第九交响曲》是由两股力量促成的。按罗曼·罗兰的说法，《第九交响曲》就是两大河流的汇合点。一条河流是席勒的《欢乐颂》，另一条河流则是《第九交响曲》本身。只有这两者完全融合时，《第九交响曲》才能诞生。

贝多芬并不是莫扎特或者舒伯特那个类型的天才，虽然他也是天才，但他是一个勤奋型的伟人。如果你注视他的生涯，聆听他的音乐，你就会认为只有用"伟人"这两个字来概括他才最恰当。特别是听过《第九交响曲》，就更加确信无疑了。

在他完成《第九交响曲》之前的五六年，是他一生当中受到最严酷的肉体折磨的时期。耳病愈来愈严重，和别人谈话不得不借助于笔谈。肺炎、黄疸病、眼疾、肠胃病，相继缠身，经济上也十分贫苦。

然而，他铭记着"卓越的人的特长是在不幸和痛苦的境遇里，默默地忍耐"，长年忍受痛苦、寻求"欢乐"，他终于在音乐史上建起了永恒的金字塔。

在贝多芬57年生涯当中，最激动人心的一天终于到来了。

1824年5月7日(星期五)，晚7点，在维也纳科隆特纳托阿剧

三、一个人的音乐和黄昏

院举行了《第九交响曲》的首演。

演奏《第九交响曲》时，正指挥由乌姆劳夫担任，贝多芬也手执指挥棒站在指挥台上担任副指挥。但是，耳聋的贝多芬不可能听见乐队和合唱，队员们盯着乌姆劳夫的指挥棒，贝多芬的指挥棒只是在空中徒劳地画着圆弧。

演奏顺利结束了。当乐队奏完最后一个音符时，听众以暴风雨般的掌声来赞美大师的新作。但是，贝多芬没听见。

他背向着听众，茫然呆立着。人们被他的身影引出了眼泪，女中音歌手拉着他的手转向听众，这时他才发现听众们的狂热。听众的激情传到了他身上，他颤抖着。他胜利了！

绝对美的标准是不存在的，并且也不可能存在。人们对美的概念在历史发展过程中无疑地变化着。

——普列汉诺夫

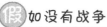

中国古代的建筑

【李泽厚】

从新石器时代的半坡遗址等处来看，方形或长方形的土木建筑体制便已开始，它终于成为中国后世主要建筑形式。与世界许多古文明不同，不是石建筑而是木建筑成为中国一大特色，为什么？似乎至今并无解答。在《诗经》等古代文献中，有"如翚斯飞"、"作庙翼翼"之类的描写，可见当时木建筑已颇具规模，并且具有审美功能。从"翼翼"、"斯飞"来看，大概已有舒展如翼，四字飞张的艺术效果。但是，对建筑的审美要求达到真正高峰，则要到春秋战国时期。这时随着社会进入新阶段，一股所谓"美轮美奂"的建筑热潮盛极一时地蔓延开来。不只是为避风雨而且追求使人赞叹的华美，日益成为新兴贵族们的一种重要需要和兴趣所在。

这股建筑热潮大概到秦始皇并吞六国后大修阿房宫而达到最高点。据文献记载，两千余年前的秦代宫殿建筑是相当惊人的：

秦每破诸侯，写放其宫室，作之咸阳北阪上，南临渭，自雍门以东至泾、渭，殿屋复道周阁相属。

始皇以为咸阳人多，先王之宫廷小，……乃营作朝宫渭南上林苑中。先作前殿阿房，东西五百步，南北五十丈，上可以坐万人，下可以建五丈旗。周驰为阁道，自殿下直抵南山。表南山之巅以为阙。（《史记·秦始皇本纪》）

从这种文字材料可以看出，中国建筑最大限度地利用了本结构的可能和特点，一开始就不是以单一的独立个别建筑物为目标，而

三、一个人的音乐和黄昏

是以空间规模巨大、平面铺开、相互接连和配合的群体建筑为特征的。它重视的是各个建筑物之间的平面整体的有机安排。当年的地面建筑已不可见，但地下始皇陵的规模格局也清晰地表明了这一点。从现在发掘的极为片断的陵的前沿兵马俑坑情况看，那整个场面简直是不可思议的雄伟壮观。从这些陶俑的身材状貌直到建筑材料（秦砖）的厚大坚实，也无不显示出那难以想象的宏大气魄。这完全可以与埃及金字塔相媲美。不同的是，它是平面展开的整体复杂结构，不是一座座独立自足的向上堆起的比较单纯的尖顶。

"百代皆沿秦制度"，建筑亦然。它的体制、风貌大概始终没有脱离先秦奠定下来的这个基础规范。秦汉、唐宋、明清建筑艺术基本保持了和延续着相当一致的美学风格。

这个艺术风格是什么呢？简单说来，仍是作为中国民族特点的实践理性精神。

首先，各民族主要建筑多半是供养神的庙堂，如希腊神殿、伊斯兰建筑、哥特式教堂等等。中国主要大都是宫殿建筑，即供世上活着的君主们所居住的场所，大概从新石器时代的所谓"大房子"开始，中国的祭拜神灵即在现实生活紧相联系的世间居住的中心，而不在脱离世俗生活的特别场所。自儒学替代宗教之后，在观念、情感和仪式中，更进一步发展贯彻了这种神人同在的倾向。于是，不是孤立的、摆脱世俗生活、象征超越人间的出世的宗教建筑，而是人世的、与世间生活环境联在一起的宫殿宗庙建筑，成了中国建筑的代表。从而，不是高耸入云、指向神秘的上苍观念，而是平面铺开，引向现实的人间联想；不是可以使人产生某种恐惧感的异常空旷的内部空间，而是平易的、非常接近日常生活的内部空间组合；不是阴冷的石头，而是暖和的木质，等等，构成中国建筑的艺术特征。在中国建筑的空间意识中，不是去获得某种神秘、紧张的灵魂感、悔悟或激情，而是提供某种明确、实用的观念情调。正和中国绘画理论所说，山水画有"可望"、"可游"、"可居"种种，但"可

假如没有战争

游""可居"胜过"可望"、"可行"。中国建筑也同样体现了这一精神。即是说,它不重在强烈的刺激或认识,而重在生活情调的感染熏陶,它不是一礼拜才去一次的灵魂的洗涤之处,而是能够经常瞻仰或居住的生活场所。在这里,建筑的平面铺开的有机群体,实际已把空间意识转化为时间进程,就是说,不是像哥特式教堂那样,人们突然一下被扔进一个巨大幽闭的空间中,感到渺小恐惧而祈求上帝的保护。相反,中国建筑的平面纵深空间,使人慢慢游历在一个复杂多样楼台亭阁的不断进程中,感受到生活的安适和对环境的和谐。瞬间直观把握的巨大空间感受,在这里变成长久漫游的时间历程。实用的、人世的、理智的、历史的因素在这里占着明显的优势,从而排斥了反理性的迷狂意识。正是这种意识构成许多宗教建筑的审美的基本特征。

中国的这种理性精神还表现在建筑物严格对称结构上,以展现严肃、方正、井井有条(理性)。所以,就单个建筑来说,比起基督教、伊斯兰教和佛教建筑来,它确乎相对低矮,比较平淡,应该承认逊色一筹。但就整体建筑群说,它却结构方正,逶迤交错,气势雄浑。它不是以单个建筑物的体状形貌,而是以整体建筑群的结构布局、制约配合而取胜。非常简单的基本单位却组成了复杂的群体结构,形成在严格对称中仍有变化,在多样变化中又保持统一的风貌。即使像万里长城,虽然不可能有任何严格对称之可言,但它的每段体制则是完全雷同的。它盘缠万里,虽不算高大却连绵于群山峻岭之巅,像一条无尽的龙蛇在作永恒的飞舞。它在空间上的连续本身即展示了时间中的绵延,成了我们民族的伟大活力的象征。

这种本质上是时间进程的流动美,在个体建筑物的空间形式上,也同样表现出来,这方面又显示出线的艺术特征,因为它是通过线来做到这一点的。中国木结构建筑的屋顶形状和装饰,占有重要地位,屋顶的曲线,向上微翘的飞檐(汉以后),使这个本应是异常沉重的往下压的大帽,反而随着线的曲折,显示向上挺举的飞动轻快,

三、一个人的音乐和黄昏

配以宽厚的正身和阔大的台基,使整个建筑安定踏实而毫无头重脚轻之感,体现出一种情理协调、舒适实用、有鲜明节奏感的效果,而不同于欧洲或伊斯兰以及印度建筑。就是由印度传来的宗教性质的宝塔,正如同传来的雕塑壁画一样,也终于中国化了。它不再是体积的任意堆积而繁复重累,也不是垂直一线上下同大,而表现为一级一级的异常明朗的数学整数式的节奏美。这使它便大不同于例如吴哥寺那种繁复堆积的美。如果拿相距不远的西安大小雁塔来比,就可以发现,大雁塔更典型地表现出中国式的宝塔的美。那节奏异常单纯而分明的层次,那每个层次之间的疏朗的、明显的差异比例,与小雁塔各层次之间的差距小而近,上下浑如一体,不大相同。后者尽管也中国化了,但比较起来,恐怕更接近于异域的原本情调吧。同样,如果拿一九六八年在北京发现的元代城门和人们熟悉的明代城门来比,这种民族建筑的艺术特征也很明显。元代城门以其厚度薄而倾斜度略大的形象,便自然具有某种异国风味,例如它似乎有点近于伊斯兰的城门。明代城门和城墙(特别像南京城的城墙)则相反,它厚实直立而更显雄浑。尽管这些都已是后代的发展,但基本线索仍要追溯到先秦理性精神。

也由于是世间生活的宫殿建筑,供享受游乐而不只供崇拜顶礼之用,从先秦起,中国建筑便充满了各种供人自由玩赏的精细的美术作品(绘画、雕塑)。《论语》中有"山节藻棁","朽木不可雕也",从汉赋中也可以看出当时建筑中绘画雕刻的繁富。斗拱、飞檐的讲究,门、窗形式的自由和多样,鲜艳色彩的极力追求,"金铺玉户"、"重轩镂槛"、"雕梁画栋",是对它们的形容描述。延续到近代,也仍然如此。

"庭院深深深几许"。大概随着晚期封建社会中经济生活和意识形态的变化,园林艺术日益发展。显示威严庄重的宫殿建筑的严格的对称性被打破,迂回曲折、趣味盎然、以模拟和接近自然山林为目标的建筑美出现了。空间有畅通,有阻隔,变化无常,出人意料,

可以引动更多的想象和情感,"山重水复疑无路,柳暗花明又一村"。这种仍然以整体有机布局为特点的园林建筑,却表现着封建后期文人士大夫们更为自由的艺术观念和审美理想。与山水画的兴起大有关系,它希求人间的环境与自然界更进一步的联系,它追求人为的场所自然化,尽可能与自然合为一体。它通过各种巧妙的"借景"、"虚实"的种种方式、技巧,使建筑群与自然山水的美沟通汇合起来,而形成一个更为自由也更为开阔的有机整体的美。连远方的山水也似乎被收进在这人为的布局中,山光、云树、帆影、江波都可以收入建筑之中,更不用说其中真实的小桥、流水、"稻香村"了。它们的浪漫风味更浓了。但在中国古代文艺中,浪漫主义始终没有太多越出古典理性的范围,在建筑中,它们也仍然没有离开平面铺展的理性精神的基本线索,仍然是把空间意识转化为时间过程;渲染表达的仍然是现实世间的生活意绪,而不是超越现实的宗教神秘。实际上,它是以玩赏的自由园林(道)来补足居住的整齐屋宇(儒)罢了。

三、一个人的音乐和黄昏

哥特式建筑

【丹 纳】

……一个当时的人说:"世界脱下破烂的旧衣,替教堂披上洁白的袍子。"于是哥特式②的建筑出现了。

现在我们来看这新兴的建筑物。古代的宗教完全是地方性的,只属于某些阶级某些部族;相反,基督教是普遍的宗教,诉之于广大的群众,号召所有的人拯救灵魂。所以屋子要特别宽大,能容纳一个地区或一个城镇的全部人口,除了贵族与诸侯,还得包括妇女、儿童、农奴、工匠、穷人。供奉希腊神像的小庙,自由公民在前面列队朝拜的游廊,容纳不了这么多人。现在需要一个极宽敞的场所:宏伟的正堂之外,两旁还有侧堂,横里还有十字耳堂;顶上是巨大的穹隆,四边是巨大的支柱。为了超度自己的灵魂,世世代代的工人赶来工作,直要开凿整座的山头才能完成这个建筑。

走进教堂的人心里都很凄惨,到这儿来求的也无非是痛苦的思想。他们想着灾深难重,被火坑包围的生活,想着地狱里无边无际,无休无歇的刑罚,想着基督在十字架上的受难,想着殉道的圣徒被毒刑折磨。他们受过这些宗教教育,心中存着个人的恐惧,受不了白日的明朗与美丽的风光;他们不让明亮与健康的日光射进屋子。教堂内部罩着一片冰冷惨淡的阴影,只有从彩色玻璃中透入的光线变做血红的颜色,变做紫石英与黄玉的华彩,成为一团珠光宝气的神秘的火焰,奇异的照明,好像开向天国的窗户。

如此纤巧与过敏的想象力绝对不会满足于普通的形式。先是对形式本身不感兴趣;一定要形式成为一种象征,暗示庄严神秘的东

假如没有战争

西。正堂与耳堂的交叉代表基督死难的十字架；玫瑰花窗连同它钻石形的花瓣代表永恒的玫瑰，叶子代表一切得救的灵魂；各个部分的尺寸都相当于圣数。另一方面，形式的富丽，怪异，大胆，纤巧，庞大，正好投合病态的幻想所产生的夸张的情绪与好奇心。这一类的心灵需要强烈，复杂，古怪，过火，变化多端的刺激。他们排斥圆柱，圆拱，平放的横梁，总之排斥古代建筑的稳固的基础，匀称的比例，朴素的美。凡是结实的东西，从出世到生存都不用费力，一生下来就是美的东西，本质优越而不需要补充与点缀的东西，当时的人对之都没有好感。

  他们选择的典型不是环拱那一类简单的圆形，也不是柱子与楣带构成的简单的方形，而是两根交叉的曲线复杂的结合，就是所谓尖弓形。他们一味追求庞大：建筑用的石头堆在地上，长达一里，重重叠叠的全是粗大无比的柱子，围廊架空，穹隆高耸，一层一层的钟楼直上云霄。形式细巧到极点，门洞四周环绕好几层小型雕像；外墙上砌出许多三角墙和怪物形的承溜；红绿相映的玫瑰花窗嵌着弯曲而交错的窗格；唱诗班席位雕成挑绣的花边一般；钟楼，墓室，祭坛，凸堂与小圣堂，都有小巧玲珑的柱子，复杂的盘花，雕像和树叶形的装饰。他们既要求无穷大，也要求无穷小，同时以整体的庞大与细节的繁复震动人心。目的显然是要造成一种异乎寻常的刺激，令人惊奇赞叹，目眩神迷。

  趋向所及，哥特式建筑越发展越奇怪。在十四十五世纪，所谓火舌式哥特时代，斯特拉斯堡，米兰，纽伦堡各地的大教堂，布鲁的教堂，完全不问坚固，专门讲究装饰了。有的叠床架屋，矗立着大大小小，结构复杂的钟楼；有的屋外到处布满花边似的线脚。墙上几乎全部开着窗洞，倘没有外扶壁支撑，屋子就会倒坍；建筑物时时刻刻在剥落破裂，需要大队的泥水匠守在旁边，经常修葺。这种把石头镂空的绣作，越往上越细削，细削到尖塔为止，单靠本身无法维持，必须黏合在坚固的铁架之上；而生锈的铁架

三、一个人的音乐和黄昏

又需要不断修理，才能支持这个巍峨壮丽而摇摇欲坠的幻影。内部的装饰那么繁琐，尖拱的肋骨把荆棘一般拳曲的枝条发展得那么茂密，讲坛、铁栅和唱诗班的座位雕着那么多细巧的花纹，奇奇怪怪地纠结在一起。教堂不像一座建筑物，而像一件细工镶嵌的首饰；简直是一块五彩的玻璃，一个用金银线织成的巨大的网络，一件在喜庆大典上插戴的饰物，做工像王后或新娘用的一般精致。而且还是神经质的兴奋过度的女人的饰物，和同时代的奇装异服相仿；那种微妙而病态的诗意，夸张的程度正好反映奇特的情绪，骚乱的幻想，强烈而又无法实现的渴望，这都是僧侣与骑士时代所特有的。

哥特式的建筑持续了四百年，既不限于一国，也不限于一种建筑物。它从苏格兰到西西里，遍及整个欧洲。所有民间的和宗教的，公共的和私人的建筑，都是这个风格。受到影响的不仅有大小教堂，还有要塞和宫堡，市民的住屋和衣着，桌椅和盔甲。从发展的普遍看，哥特式建筑的确表现并且证实极大的精神苦闷。这种一方面不健全，一方面波澜壮阔的苦闷，整个中世纪的人都受到它的激动和困扰。

> 创造者因其在创造，他确实得到这一喜悦，而这一喜悦是与观赏者的审美意识融为一体的……
>
> ——萨　特

眼睛如果还没有变得像太阳,他就看不见太阳;心灵也是如此,本身如果不美也就看不见美。

——康　德

美丽的身材可以吸引真正的倾慕者,但是要持久地吸引他们,需要有美丽的灵魂。

——科尔顿

四、你注定飞翔
SI NI ZHUDING FEIXIANG

石缝间的生命 / 林　希
梦想悠悠 / 亚历克斯·黑利
我的写作碰壁史 / 秦文君
注定飞翔 / 祁　智
野风车（节选）/ 曹文轩
共同的秘密 / 崔　浩
上帝的奖赏 / 吴　其
生活 / 乌尔法特

石缝间的生命

【林 希】

　　石缝间倔强的生命，常使我感动得潸然泪下。

　　是那不定的风把那无人采撷的种子撒落到海角天涯。当它们不能再找到泥土，它们便把最后一线生的希望寄托在这一线石缝里。尽管它们也能从阳光里分享到温暖，从雨水里得到湿润，而唯有那一切生命赖以生存的土壤却要自己去寻找。它们面对着的现实该是多么严峻。

　　于是，在自然界出现了惊人的奇迹，不毛的石缝间丛生出倔强的生命。

　　或者就只是一簇一簇无名的野草，春绿秋黄，岁岁枯荣。它们没有条件生长宽阔的叶子，因为它们寻找不到足以使草叶变得肥厚的营养。它们有的只是三两片长长的细瘦的薄叶，那细微的叶脉告知你生存该是多么艰难；更有的，它们就在一簇一簇瘦叶下又自己生长出根须，只为了少向母体吮吸一点乳汁，便自去寻找那不易被觉察到的石缝。这就是生命。如果这是一种本能，那么它正说明生命的本能是多么尊贵，生命有权自认为辉煌壮丽，生机竟是这样地不可扼制。

　　或者就是一团一团小小的山花，大多又是那苦苦的蒲公英。它们的茎叶里涌动着苦味的乳白色的浆汁，它们的根须在春天被人们挖去做野菜。而石缝间的蒲公英，却远不似田野上的同宗生长得那样茁壮。它们因山风的凶狂而不能长成高高的躯干，它们因山石的贫瘠而不能拥有众多的叶片。它们的茎显得坚韧苍老，它们的叶因枯

四、你注定飞翔

萎而失去光泽；只有它们的根竟似那柔韧而又强固的筋条，似那柔中有刚的藤蔓，深埋在石缝间狭隘的间隙里。它们已经不能再去为人们做佐餐的鲜嫩的野菜，却默默地为攀登山路的人准备了一个可靠的抓手。生命就是这样地被环境规定着，又被环境改变着。适者生存的规律尽管无情，但一切的适者都是战胜环境的强者，生命现象告诉你，生命就是拼搏。

如果石缝间只有这些小花小草，也许还只能引起人们的哀怜；而最为令人赞叹的，就在那石岩的缝隙间，还生长着参天的松柏，雄伟苍劲，巍峨挺拔。它们使高山有了灵气，使一切的生命在它们的面前显得苍白逊色。它们的躯干就是这样顽强地从石缝间生长出来，扭曲地、旋转地，每一寸树衣上都结痂着伤疤。向上、向上、向上是多么的艰难。每生长一寸都要经过几度寒暑，几度春秋。然而它们终于成了高树，伸展开了繁茂的枝干，团簇着永不凋落的针叶。它们耸立在悬崖断壁上，耸立在高山峻岭的峰巅。只有那盘结在石崖上的树根在无声地向你述说，它们的生长是一次多么艰苦的拼搏。那粗如巨蟒，细如草蛇的树根，盘根错节，从一个石缝间扎进去，又从另一个石缝间钻出来。于是沿着无情的青石，它们延伸过去，像犀利的鹰爪抓住了它栖身的岩石。有时，一株松柏，它的根须竟要爬满半壁山崖，似把累累的山石用一根粗粗的缆绳紧紧地缚住。由此，它们才能迎击狂风暴雨的侵袭，它们才终于在不属于自己的生存空间为自己占有了一片天地。

如果一切的生命都不屑于去石缝间寻求立足的天地，那么，世界上就会有一大片一大片的地方成为永远的死寂。飞鸟无处栖身，一切借花草树木才赖以生存的就要绝迹，那里便会沦为永无开化之日的永远的黑暗。如果一切的生命都只贪恋于黑黝黝的沃土，它们又如何完备自己驾驭环境的能力，又如何使自己在一代一代的繁衍中变得愈加坚强呢？世界就是如此奇妙。试想，那石缝间的野草，一旦将它们的草籽撒落到肥沃的大地上，它们一定会比未经过风雨考

验的娇嫩的种子具有更为旺盛的生机，长得更显繁茂。试想，那石缝间的蒲公英，一旦它们的种子，撑着团团的絮伞，随风飘向温润的乡野，它们一定会比其他的花卉生长得茁壮，更能经暑耐寒。至于那顽强的松柏，它本来就是生命的崇高体现，是毅力和意志最完美的象征，它给一切的生命以鼓舞，以榜样。

愿一切生命不致因飘落在石缝间而凄凄艾艾。愿一切生命都敢于去寻找最艰苦的环境。生命正是要在最困厄的境遇中发现自己，认识自己，从而才能锤炼自己，成长自己，直到最后完成自己，升华自己。

石缝间顽强的生命，它既是生物学的，又是哲学的，是生物学和哲学的统一。它又是美学的。作为一种美学现象，它展现给你的不仅是装点荒山枯岭的层层葱绿，它更向你揭示出美的、壮丽的心灵世界。

石缝间顽强的生命，它具有如此震慑人们心灵的情感力量，它使我们赖以生存的这个星球变得神奇辉煌。

把别人的幸福当做自己的幸福，把鲜花奉献给他人，把棘刺留给自己！

——巴尔德斯

四、你注定飞翔

梦想悠悠

【亚历克斯·黑利】

许多年轻人对我说，他要做一个作家。我总是鼓励这些人，但同时解释说，当作家与发表作品之间有很大差别。这些人大多梦想的是财富与名声，不是打字机旁漫长时间的孤军作战。"你是想发表作品，"我对他们说，"不是想做作家。"

事实上，写作是一种孤寂、隐遁、不赚钱的事情。每一位受到司命女神青睐的作家背后，都站着千万个终生壮志未酬的人们。那些成功者常常都经受过长期的冷遇和贫穷，我就是这么过来的。

结束 20 年海岸警卫员生涯时，我想成为一个自由作家，也许毫无前途可言。我真正拥有的，是纽约市的一位朋友乔治·西姆斯，我和他是在田纳西州的亨宁一起长大的。乔治在我家里找到了我，家是间搬空了的小仓库，在格林尼治村公寓楼，他是这里的管理人。屋里阴冷，没有浴室，我不在乎，很快买来一台旧手工打字机，感觉如同一个天才大文豪。

过了大约一年，我仍然没有什么突破，开始对自己产生怀疑。卖出一篇小说是那么艰难，吃饭的钱都挣不够。但我明白我仍然要写作，我梦想这个许多年了，我不想成为这样一种人：临死的时候还在想着假如我怎么怎么，可能会怎么怎么。我要保持操守，哪怕这意味着生活在收入不可靠与失败的忧惧之中。这是希望的幽冥区，大凡有一个梦想的人，都得学会过这种生活。

后来有一天，我接到一个真正奠定我一生的电话，并非什么代理人或编辑提供大宗约稿，正相反，倒像海妖塞壬在引诱我放弃航程。打电话的是海岸警卫队的老相识，现在驻扎在旧金山，他曾借给我

假如没有战争

钱,并喜欢借此奚落我。"我什么时候能拿回那15美元哪,亚历克斯?"他取笑说。

"下次卖出文章的时候。"

"我倒有个好办法。"他说,"我们急需一个新的公共信息协理,年薪6000美元,如果你肯干,准行。"6000美元一年!这在1960年真还不少。可以买到一套好公寓,一辆汽车,可以偿还债务,也许还能储蓄一点。尤其是,可以边工作边写作。

正当美元在我脑子里漫天飞舞的时候,内心深处某种倔强的东西抬头了。我一直都在梦想成为一个作家,全日制专业作家。"谢谢你,我不要。"我听得自己在说,"我要写作到底。"

然后,我在小屋子里踱来踱去,开始觉得自己是一个傻瓜。伸手摸进我的餐橱,一个钉在墙上的香橙板条箱,拿出里面所有的东西:两罐沙丁鱼。双手插进身上口袋,掏出18美分,放进一个揉皱了的纸包中。"这个,亚历克斯,"我对自己说,"就是眼下你为自己挣到的一切。"我不能肯定,我从前是否像当时那样懊恼沮丧过。

真希望我的写作水平立刻提高,但没有。唯一感谢上帝的是,有乔治帮我苦度窘境。

通过他,我结识了另外一些只身奋斗着的艺术家,如乔·德莱尼,来自田纳西州诺克斯维尔的老兵画家。乔经常没钱吃饭,不得不去造访左邻右舍,一个屠夫给他一些带少许肉的骨头,一个杂货商给他一些萎蔫了的蔬菜,乔用这些东西煮便餐汤喝。

另一位同村人是标致的年轻歌手,他惨淡经营一个餐馆。据传,如果顾客点了牛排,歌手就一溜烟跑出去,到街对面超级市场去买一份现成的来。他的名字叫哈里·贝拉方特。

德莱尼和贝拉方特这些人成了我的模范。我懂得,要坚持不懈地为理想而工作,人得做出牺牲,过有创造性的生活。

艰苦磨炼中,我渐渐卖出一些文章。写了当时许多人谈论的问题:公民权、美洲和非洲的黑人。不久,像鸟儿南飞一样,我的思

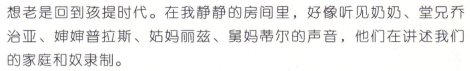

四、你注定飞翔

想老是回到孩提时代。在我静静的房间里，好像听见奶奶、堂兄乔治亚、婶婶普拉斯、姑妈丽兹、舅妈蒂尔的声音，他们在讲述我们的家庭和奴隶制。

从前这些故事美国黑人是不对外人讲的，我也基本上守口如瓶。但有一天与《读者文摘》编辑们共进午餐时，我讲起了我的奶奶姑婶堂兄，而且我说，我想追溯家族根由，直到那用铁链拴着卖到这边海岸上来的第一个非洲人。我带着一份合同离开餐桌，它将支持我采访写作9年。

这是一个爬出黑暗的漫长过程。然而1976年，离开海岸警卫队17年后，《根》出版了。立刻，我尽情享受到了少数作家所体验过的成功与名声带来的欢乐。炫目的聚光灯赶跑了漫长的黑暗。

平生第一次，我有了钱：所有的门都向我敞开。电话整天响，不断结交新朋友，签署新的协约。我收拾行李，搬到洛杉矶，帮助拍摄电视连续剧《根》。这是一个忙乱兴奋的时期，成功之光照得我晕头转向。

忽然有一天打开行李时，我无意间看到多年前住村里时装东西的一个箱子，里面有一个棕色纸包。

我倒出包中物：两个腐败了的沙丁鱼罐头，一个五分镍币，一个一角银币，三个便士。往事像漩涡似的一下子涌上心头，和打字机一起蜷缩在阴冷的单间斗室的情景历历在目。然后我对自己说，纸包里的东西也是我的一部分根，终生不可忘记。

我把罐头送去加装有机玻璃框，把那个塑料箱干干净净地摆在天天看得到的地方。如今它们摆在我在诺克斯维尔的桌子上，放在一起的还有普利策长篇小说奖杯，电视剧《根》九项艾美金像奖的半身雕像，还有美国有色人种协进会最高荣誉——斯平加恩奖牌。我很难说出哪样东西对我最重要。但唯有那一样东西给我以勇气与恒心，使我在梦想悠悠之中保持对事业的忠贞不贰。

这是所有胸怀梦想的人都得修炼的功课。

我的写作碰壁史

【秦文君】

我读小学时，开始喜欢看书。记得有一回写作文，老师要求写出一个人的理想。当时我有十七八个理想，所以想不出该写哪一个。父亲说，当文学家吧。现在想来，父亲不过是随口道出一个美好的愿望，可当我写了这篇作文后怎么也忘不了。仿佛是庄重地许下了诺言；其实，我当时总觉得发表过一篇文章就是文学家了，所以不觉得这是奢望。

那时我读四年级，交了作文不久，我就开始尝试当文学家了。我根据一个听来的故事写了一篇文章，大意是甲出门拾到了钱包，他费尽周折找到了失主乙；而寻找过程中，甲的钢笔从口袋里漏出来让乙捡到，乙也正四处奔波找失主，结局当然是皆大欢喜。严格地说，这是一篇落俗套的作文，属于一种"巧合＋好人好事"的模式。我把这篇作文投到一个故事丛刊，后来一连数月，我都省下早点钱去买这本杂志，一页一页地找自己的作文。又过了些日子，作文退回来了，我倒不怎么悲伤，因为这事终于有了结局，比老是悬着要好。特别让我受宠若惊的是编辑部还夹了封退稿信，虽是油印的，但措辞很客气，把人抬得很高。况且开头写着我的名字，信末还敲着图章。当时我是个平时收不到信的小学生，所以，反而感悟到其间特有的乐趣。

后来进了中学，我备受语文老师赏识，作文经常被贴在墙报上展示，大都是些议论文。老师点评说，写得严谨、深切、有气势。很长一段时间内，我都为之陶醉，觉得自己已经成功，被班内外的同

四、你注定飞翔

学承认了。我把这些作文收集好,画了五颜六色的封面,再用棉线装订成册珍藏了许多年。

中学毕业时,正逢"上山下乡",我被分配在黑龙江大兴安岭,一个遥遥数千里外的冰雪世界。当时我才17岁,从未坐过轮船、火车,甚至连上海市区的路都十分陌生。我就是手捧那本自编的作文集上路的,似乎不怎么胆战心惊,因为我觉得自己有写作天才,而有本事的人走遍天下都不怕。

然而,我面临的是一个纷繁的世界。很快,我就意识到我过于自信了。严酷的气候、力不从心的重体力活以及纷纷变得消沉的同伴,这一切都使我措手不及。一天劳累下来,再翻翻作文册就觉得那些作文那般不合时宜,充满学生腔,于是就想写作新的能激励自己的东西。自小就许下的诺言使我害怕碌碌无为,害怕环境把自己消磨得一无所有。

每晚每晚,在破旧的帐篷内我写下自己的感受。那时,我们三十多个知青合住一个帐篷,一到晚上,大家打扑克,说笑话,要不就是哭哭啼啼地想家。我就在一片闹哄哄中写着,没有桌椅,就用一块搓衣板垫在膝盖上写。当时写的都是口号式的东西,诸如"永远不向生活低头,勇敢地飞翔"之类。每每写到此,我就寻到一种庄严的心境,觉得还有盼头。

那时我瘦兮兮的,个子又小,同伴戏称我红小兵,总之,毫不起眼。冬天,贫血和怕冷,使我脸色苍白。可我却一下子在连队里出了名,原因是我的笔记本被人翻看了,大家都晓得我想练写作,一度,我成为被嘲笑的对象。有人追着我问:你知道作家是容易当的吗?还常有人拿着纸说:喂,你写几个字让我看看。然后就笑话字写得那么难看的人还想做这种梦。有一阵,我拒绝让人看我的字。连工资单上签字也请人代替。可也有几个好心肠的同伴为我愤愤不平,说是学写作和学打毛衣一样,都是学本事,为什么不可以。使我永远难忘的是一个叫玲玲的女孩,她也酷爱看书,她相信我的梦想,并且带着崇敬

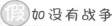

让我写一本厚书,把她的遭遇写进去。

这是我最初的写作使命感:为了不让玲玲失望,为了让嘲笑我的人大吃一惊。现在想来,还是一种孩子式的赌气。

我那时并不知道如何起步,只晓得最有分量的是长篇小说,所以就决定先写一部长篇再说,等长篇写罢再写一个中篇、一个短篇,各种形式都完成一篇,即使死了,也死而无憾。我那时就想得那么绝对。

我的长篇小说写了一个连队,主角是个叫志坚的女连长,围绕着她展开了故事。文中有坏人,也有些受摆布的糊涂虫,可志坚却是个永远正确的英雄。文中的所有人物和故事都是我想象出来的。我喜欢让他们吵就写上一段争论词,有时也让坏人出洋相、倒霉,爱憎十分明确,好人总占上风。前一阵,我还翻看过这部手稿,尽管纸页已发黄,小虫般地排开的字已有些淡化开,可北方土炕上特有的烟熏气却年深月久地保留着,令我忆起当年的辛劳。

那篇稿子第一次写了一百多页练习纸,正反两面,密密麻麻,其实还没有写到结局。为什么突然刹车了?主要是无法写下去,我的词汇很少,常常重复不说,有时找不到恰当的话来描写,就只能做个记号,空留在那里。越往下写,词语就越贫乏,那个记号出现得越来越频繁,沉甸甸地压在我心上。终于,我领悟到成功的遥遥无期,也领悟到自己的盲目和无能。

那一百多页的小说大约有三十万字,我写了整整三年,这是我最初交的学费。

正在这时,连队订阅了一份《大兴安岭报》,很小的开张,第四版是副刊,刊登一些微型小说、抒情散文之类的小文章,内容都很有生活气息。我看了很受启发,也蠢蠢欲动。那天,我们连队有一对夫妇吵架,大家都去围观,这是我第一次看到一家人吵得这么恶狠狠。当晚,我就写了一篇短文,四五百字,投给《大兴安岭报》。经过三年的练笔,我写得十分顺手。一周后,我收到编辑的亲笔信,

四、你注定飞翔

稿子虽然没用，但他肯定我描写生动，有些写作基础，但希望我读些哲学书，加强对生活的理解。同时具体地指出我把这对夫妇写得像你死我活的仇敌，实际上这之间有复杂的感情，有爱和恨的交织。

收到信的那天，我激动异常，隐隐约约地感觉到我寻到了什么。我终于意识到写作和生活、人生的密不可分。

我开始长期打算，从读《社会发展简史》起步，读了一系列书，同时放弃写一些编造的故事，而是写些对人物对环境的观察札记。几年下来，记了整整四本。其中有一些简单的短句，如"莽苍苍的森林上端飞着一只大鹰"，"她长着完美的瓜子脸"，"一个陌生人突然像冒出来似的站在他跟前"之类；也有些整段的描绘、抒怀。点点滴滴，也汇集了20万字。这后来成为我写作的一笔财富。

直到1981年，我才发表了处女作《甜甜的枣儿》，才1000字。而它的基础是10年的努力，50万字左右的练笔。

我没有找到捷径。但我总想，假如没有这条弯弯曲曲的崎岖路，我不可能在后来的8年中一鼓作气写出一百多万字的作品。

我在那段困苦的岁月中，考验了自己对文学的爱和真诚。

> 希望是坚韧的拐杖，忍耐是旅行袋，携带它们，人可以登上永恒之旅。
> ——罗 素

注定飞翔

【祁 智】

风吹来,凌厉,不由分说。老鹰羽毛如针,如铁,岿然不动;雏鹰毛发蓬飞,摇摇晃晃。

老鹰站在峭岩上。在它的身后,是两只雏鹰。

天高云淡,阳光明媚;田畴如画,一望无边。天气无可挑剔。老鹰选的就是这个日子。

雏鹰无声。它们一直被禁止在岩穴里,至多,只能到洞口。洞外的天地,陌生,因此就是诱惑。

诱惑和鹰血里的天性不知不觉呼应,就成了一种压抑不住的渴望。雏鹰就在等待今天。

老鹰回头一瞥。鹰语无言,甚至没有表情,但雏鹰明白,站到它的身边,一边一个。

现在,老鹰要做的是把雏鹰推下去。雏鹰在掉下去的过程中,会本能地张开翅膀。下面是一块平台。如此往复,真正的飞翔就在等着雏鹰。

如果雏鹰没能把翅膀完全打开,平台会承接它们。它们可能被摔疼,也可能被摔伤,当然,每年都有个别的会被摔死,鹰就是从这里完成最初的起飞的。平台上有块块深色,那是许多年来积累的鹰血。

老鹰侧目看了看雏鹰。对鹰来说,这一眼是多余的,雏鹰有些惶惑。

老鹰很觉得别扭,但必须要有这一眼。雏鹰中,有一只不是它

四、你注定飞翔

的孩子。这只雏鹰的父母，在半月前的一次猎食时中了枪弹。遇难的还有老鹰的丈夫。老鹰独立支撑两个家庭，哺育两只雏鹰。过去，都是雏鹰的父亲把雏鹰推下去，母亲在平台下接应，现在只有它推了。可下面没有接应的，何况它从没有推过。

如果摔伤或者摔死怎么办？

摔伤或者摔死的是自己的孩子，还好，万一是……

如果真是自己的孩子伤亡，那……

老鹰的生命词典和意识中，应该没有犹豫，没有如果的。老鹰被一股悲凉之气推动着。它呼地蹿了出去，如箭；张开翅膀，如扇。翅膀感觉气流，俯冲，上升，盘旋，甚至静止不动，如一幅涌动热血的剪影。

天高地阔。天长地久。

雏鹰被感动着，心已在空中，只是脚尖还在峭岩边。这时候，只要轻轻一推。老鹰看见雏鹰激动了，还看见了雏鹰父亲的飞翔，看见列祖列宗的影子。

到底是鹰！

老鹰情不自禁地啸叫一声。

雏鹰听见了，纵身一跃。它们像两颗石子掉下去。看上去，它们有些慌乱。

孩子，把脚收到腹部，把翅膀张开，睁大眼睛看准落点！老鹰在心里呼唤着，紧紧地盯着它们。

雏鹰挣扎着。在半空中，它们终于被神秘的召唤打开翅膀，坠落成了飞翔。

老鹰眼一热。

雏鹰被突然到来的飞翔惊喜着。它们看见了上方的母亲，不约而同地摇动翅膀：上升！

可它们还不会上升，很快被气流推向平台外。

平台外，是万丈深渊。天空忽然远了，深渊很快逼近，但即使这

样,雏鹰也没有惊恐得大喊大叫,只是死死地张着翅膀。只有翅膀,才能驮得动生命。

老鹰心疼极了,但镇静自若。雏鹰在最初的刹那,明白了飞翔的真谛,这是它没有想到的,也让它兴奋异常。老鹰紧缩双翅,箭一样飞向谷底,稳稳地站在乱石上,啪地打开翅膀。雏鹰正好落在上面,如同落在平台上。

然后,老鹰脚一跐,饱经风霜的双翅驮着两个新生命,身体和灵魂都在上升。

回到峭岩。

老鹰双翅一拍,雏鹰离开了岩边,先是坠落,紧接着,飞翔像翅膀一样在它们身上。

人类生来就是为了高高飞翔。

——但丁

SI NI ZHUDING FEIXIANG
四、你注定飞翔

野风车(节选)

【曹文轩】

许二疤眼子和父亲坐在地头,似乎什么念头也没有,木然地朝巨大的风车仰望着,风车耸立在空阔广漠的天空下……

一片旷野,没有树林,没有村庄,没有行人,只有这么一架孤独傲慢的风车。

现在,这架风车的主人是二疤眼子和他的父亲。

它承担着三十亩地的灌溉重任。它架设在一片与任何河流都不相通的水泊边。正是抽水机船进不来的缘故,这架风车才有理由直到今天还存在着。

风车是木结构的,木头经长久风化后,裂成一道道口子。八叶蒲篷,每叶皆如海船上的大帆。比起后来铁的、有齿轮的"洋风车",它实在庞大多了,也威武多了。

"为什么叫它野风车?"二疤眼子问。

父亲说:"旷野上,没遮拦,大风来了像野马,弄得风车疯转。这种车就叫野风车。"

二疤眼子觉得自己挺喜欢这架风车的,虽然同时感到一丝惧惮。

"一般车只四根铁缆拽着,你看这架车,六根缆。"父亲说。

二疤眼子一根一根地数着。

"你没见过这种车疯转起来的样子,怕人着呢,都说是鬼推车,得多两根缆牵拽着。"

二疤眼子有点兴奋,捡了根木棒,敲了敲铁缆。金属的声音便传上车顶,又传到其他五根铁缆上,在旷野上鸣响起来,如同一曲荒古的乐章。

假如没有战争

父亲说:"就在风车旁搭个窝棚,你和我得看车。"

二疤眼子看着高大的风车,又看了看那一大片地,心里很高兴。

风车带着父子俩的希望,优美地旋转着。

秧苗绿汪汪的一片,给了父子俩无数好梦和幻想。

可是,仅仅才过去一个月,悲剧就发生了——

这天,天气显得很晴朗,田野显得很平静。谁也不会想到会发生什么。走路的走路,干活的干活,玩耍的玩耍,一切都很正常。就在中午,刚才还是一个艳阳高照的天气,却骤然间刮起了大风。

大风旋转风车,弄得铁缆"当当"响。眼看风车就要像撅馓子一样被撅断,父亲冲出窝棚,欲将车篷落下,但风车旋转得实在太快,父亲眼一花,被后面飞速而来的碗粗的一根缆杆打倒在地。等有人赶到将车篷通统放下、再将他从地上扶起时,他已经站不起来了——他的腰被打坏了!

妈妈号啕着。

人们将父亲送到了医院……

父亲出院后,已只能拄着两根拐杖勉强行走了。他老了许多,因为身体不能直立,身体就好像萎缩了一截。他让人扶着,挣扎到风车下。望着风车,他不禁老泪纵横。

父亲让二疤眼子捆好铺盖卷,说:"回去吧。"

"为什么?"二疤眼子哭着问。

"管风车得是个大男人。敢管这种风车的人,除了你爸,也就没有别人了。"

二疤眼子扛着铺盖卷,呆头呆脑地往家走。

第二天早上,父亲拄着拐杖走出门口,偶尔抬头朝田野上望时,有点奇怪了:"那风车怎么在转呀,是谁扯的篷?"

母亲说:"是二疤眼子。五更天,他把铺盖卷又背回去了。他说,你往后只管坐在窝棚门口教他管车就行了。"

风车在转,很均匀,很优雅,很有生气……

四、你注定飞翔
SI NI ZHUDING FEIXIANG

共同的秘密

【崔 浩】

矿工下井刨煤时,一镐刨在哑炮上。哑炮响了,矿工当场被炸死。因为矿工是临时工,所以矿上只发放了一笔抚恤金,不再过问矿工妻子和儿子以后的生活。

悲痛的妻子在丧夫之痛之后,接踵而至的是来自生活上的压力,她无一技之长,只好收拾行装准备回到那个闭塞的小山村去。这时矿工的队长找到了她,告诉她说矿工们都不爱吃矿上食堂做的早饭,建议她在矿上支个摊儿,卖些早点,一定可以维持生计。矿工妻子想了想,便点头答应了。

于是一辆平板车往矿上一支,馄饨摊就开张了。8毛钱一碗的馄饨热气腾腾,开张第一天就一下来了12个人。随着时间的推移,吃馄饨的人越来越多。最多时可达二三十人,而最少时也不少于12个人,而且风霜雨雪从不间断。

时间一长,许多矿工的妻子都发现自己的丈夫养成了一个雷打不动的习惯:每天下井之前必须吃上一碗馄饨。妻子们百般猜疑,甚至采用跟踪、质问等种种方法来探求究竟,结果均一无所获。甚至有的妻子故意做好早饭给丈夫吃,却又发现丈夫仍然去馄饨摊吃上一碗馄饨。妻子们百思不得其解。

直至有一天,队长刨煤时被哑炮炸成重伤。弥留之际,他对妻子说:"我死之后,你一定要接替我每天去吃一碗馄饨。这是我们队12个兄弟的约定,自己的兄弟死了,他的老婆孩子,咱们不帮谁帮?"

从此以后每天的早晨,在吃馄饨的人群中,又多了一位女人的

 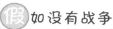

假如没有战争
JIARU MEIYOU ZHANZHENG

身影。来去匆匆的人流不断,而时光变幻之间唯一不变的是不多不少的12个人。

时光飞逝之间,当年矿工的儿子已长大成人,他饱经苦难的母亲两鬓花白,却依然用真诚的微笑面对着每一个前来吃馄饨的人。那是发自内心的真诚与善良。

更重要的是,前来光临馄饨摊的人,尽管年轻的代替老的,女人代替了男人,但从未少过12个人。穿透十几年岁月沧桑,依然闪亮的是12颗金灿灿的爱心。

有一种承诺可以抵达永远,而用爱心塑造的承诺,可以穿越尘世间最昂贵的时光。12个人共同的秘密其实只有一个秘密:爱可以永恒。

回味现在的福祉吧,每个人都有许多,不要沉湎于过去的不幸,因为每个人都同样有自己的不幸。

——查理·狄更斯

四、你注定飞翔

上帝的奖赏

【吴 其】

1963年,一位名叫玛莉·班尼的女孩写信给《芝加哥先驱论坛报》,因为她实在搞不明白,为什么她帮妈妈把烤好的甜饼送到餐桌上,得到的只是一句"好孩子"的夸奖,而那个什么都不干、只知捣蛋的戴维(她的弟弟)得到的却是一只甜饼。她想问一问无所不知的西勒·库斯特先生,上帝真的是公平的吗?为什么她在家和学校常看到一些像她这样的好孩子被上帝遗忘了呢?

西勒·库斯特是《芝加哥先驱论坛报》儿童版"你说我说"栏目的主持人。十多年来,孩子们有关"上帝为什么不奖赏好人,为什么不惩罚坏人"之类的来信,他收到了不下千封。每当拆阅这样的信件时,他心里就非常沉重,因为他不知道怎样回答这些提问。

正当他对玛莉小姑娘的来信不知如何是好时,一位朋友邀请他参加婚礼。也许他一生都该感谢这次婚礼,因为就是在这次婚礼上,他找到了答案,并且这个答案让他一夜之间名扬天下。

西勒·库斯特是这样回忆那场婚礼的。在婚礼上,新娘和新郎互赠戒指时,也许是他们正沉浸在幸福之中,也许是过于激动,两人都阴差阳错地把戒指戴在了对方的右手上。主持婚礼的牧师看到这一情景,幽默了一下:右手已经够完美的,我想你们最好还是用它来装扮左手吧。西勒·库斯特说,正是牧师的这一幽默,让他茅塞顿开。

右手成其为右手,本身就非常完美了,是没有必要把饰物再戴在右手上了。同样,那些有德的人之所以常常被忽略,不就是因为

假如没有战争

他们已经非常完美了吗？后来，西勒·库斯特得出结论，上帝让右手成其为右手，就是对右手的最高奖赏，同理，上帝让善人成为善人，也就是对善人的最高奖赏。

西勒·库斯特发现这一真理后，兴奋不已，他以"上帝让你成为一个好孩子，就是对你的最高奖赏"为题，立即给玛莉·班尼回了一封信。这封信在《芝加哥先驱论坛报》刊登之后，在不长的时间内，被美国及欧洲一千多家报刊转载，并且每年的儿童节，他们都要重新刊载一次。

前不久，一位中国儿童不知在什么地方发现了这封信，读后，他通过国际互联网在《芝加哥先驱论坛报》的网页上留言，说：中国民间有一句古话，叫"恶有恶报，善有善报，不是不报，时辰未到"。我曾经对恶人迟迟得不到报应感到迷惑不解。现在我终于明白，其实他们已得到了报应，因为让恶人成为恶人就是上帝对他们的惩罚。

社会犹如一条船，每个人都要有掌舵的准备。

——易卜生

四、你注定飞翔

生　活

【乌尔法特】

　　同是一个溪中的水，可是有的人用金杯盛它，有的人却用泥制的土杯子喝水。那些既无金杯又无土杯的人就只好用手捧水喝了。

　　水，本来是没有任何差别的，差别就在于盛水的器皿，君王与乞丐的差别就在"器皿"上面。

　　只有那些最渴的人才最了解水的甜美。从沙漠中走来的疲渴交加的旅行者是最知道水的滋味的人。

　　在烈日炎炎的正午，当农民们忙于耕种而大汗淋漓的时候，水对他们是最宝贵的东西。

　　当一个牧羊人从山上下来，口干舌燥的时候，要是能够趴在河边痛饮一顿，那他就是最了解水的甜美的人。

　　可是，另外一个人，尽管他坐在绿荫下的靠椅上，身边放着漂亮的水壶，拿着精致的茶杯喝上几口，也仍然品不出水的甜美来。

　　为什么呢？因为他没有旅行者和牧羊人那样的干渴，没有在烈日当头的中午耕过地，所以他不会觉得那样需要水。

　　无论什么人，只要他没有尝过饥与渴是什么味道，他就永远也享受不到饭与水的甜美，不懂得生活到底是什么滋味。

　　把握美好的日子，享受每一时刻；扼住倒霉的日子，使它变得美妙。

——莉萨·达多

人生应该如蜡烛一样,从顶燃到底,一直都是光明的。

——萧楚女

假如生活欺骗了你,不要忧郁,也不要愤慨!不顺心的时候暂且克制自己,相信吧,快乐的日子就会到来。

——普希金

一个人的价值,应该看他贡献什么,而不应当看他取得什么。

——爱因斯坦

五、科学之美

WU KEXUE ZHIMEI

唤起对科学的兴趣 / 玛·撒切尔
一位"太空爸爸"写给儿子的信 / 李　静
奥卡姆剃刀 / 邓琮琮
科学是美丽的 / 范小春
看看电脑会有多高明,让它下盘围棋吧 / 乔治·约翰逊
错误的必要性和价值 / 詹姆士·奥尔森

唤起对科学的兴趣

【玛·撒切尔】

依我的经验,我要说,在当今世界上,有科学经历的政治家获益匪浅。

而且不只是政治家。

实际上,科学经历已变得如此重要以致我相信,我们使科学成为所有在校儿童的必修课是正确的。

在唐宁街十号悬挂着为我们的国家作出过重大贡献的人的画像,其中著名科学家的画像显得很突出,这说明我们承认科学家们已经作出和正在作出的巨大贡献。

在大厅里有法拉第的画像。在餐室里有牛顿的画像。在其他的房间里挂着玻尔、戴维·哈雷和霍奇金的画像。

事实上我们已重新装饰唐宁街十号,我们撤换了其他一些画像,所以有几个位置还空着!

我盼望着我任职之年由更多今日的科学家去填补这些空缺。

我惋惜地发现,很多著名科学家没有时间去让著名的艺术家给他们画像。

与会的每一个人,而不只我本人,都赞成怀特·黑德的说法:不尊重训练有素的知识分子的国家注定要没落。

成就卓著的国家都高度重视科学和对知识的追求,这不是因为它们奢华,且富裕而负担得起,而是因为经验教导我们,知识及其有效利用是国家繁荣富强和国家形象高大的关键所在。

五、科学之美

我们不要忘记，工业界也有它的诺贝尔奖获得者。我们可数出美国电话电报公司的晶体管、IBM 公司的高温超导体、英国电气和公用事业公司的 X 射线层析照相术。是我们工业界获得诺贝尔奖的时候了。

我们已一再申明，科学原理的商用开发应当主要是工业界的任务。

我们能够建设这个现代世界，主要凭借于揭示自然界最基本的奥秘。

法拉第的工作的价值今天必然高于证券交易所全部股票的价值。

实际上，由好奇心驱策的研究所带来的利益已非常迅速地显示出来，令人惊讶不已。

在第一次世界大战期间，英国皇家学会的主席汤普森提出了利用 X 射线对枪伤创口进行检查。用 X 射线挽救生命和肢体的价值无法计算。然而，X 射线是在 1895 年偶然发现的。

皇家学会会员和另外一些科学家，通过假设、试验和演绎已经解决了许多世界难题。我希望皇家学会通过解释你们工作的重要性和刺激性来唤起更多公众对科学的兴趣。

这是一个发现和新思想的黄金时代。如果理解之门被打开，自然界就充满魅力。

一位"太空爸爸"写给儿子的信

【李 静】

14个月大的约翰可以算得上是当今世界上最最幸福、最最骄傲的孩子了,因为他有一个当宇航员的爸爸。美国宇航员杰里·利嫩杰尔在他的英国同伴米切尔·福勒轮换他之前曾在俄罗斯的"和平"空间站上工作了4个月,在这期间,他每天工作以外的第一件事就是给14个月大的约翰写一封天外来信。小小的约翰虽然现在还看不懂爸爸的来信,但若干年后就会明白:爸爸这些充满感情而又有科学启蒙教育意义的天外来信确实是一笔宝贵的财产。

1月25日

我仿佛回到了自己的童年时代。我不得不一切从头学起:如何洗脸,怎么刷牙,又怎样吃东西才不会搞得一团糟。对了,我还得学会如何上厕所哩。这么一说,我想我的宝宝不会笑话我吧。不过,我知道你也许还是会说:"爸爸,你怎么能跟我这个一岁大的孩子一样呢?"亲爱的孩子,你先别急,就让爸爸慢慢地把太空上的生活说给你听,好吗?空间站里的一切都是飘浮在空中的,因为这里没有地球上的引力。要想刷牙的话其实也不难:只要你闭紧嘴就能很麻利地刷好牙的。当然了,只要你一张嘴,轻轻地一吹气,你就会见到无数的泡沫从你的嘴里飘出来。我在这里可以像鱼儿在水中觅食一样吃花生米:因为花生米就飘在空中,你只要一张嘴,一吸气,这些花生米就会自动"流"到你的嘴里了。要是你看到这一幕,你一定会说:"哇!这种吃饭的感觉一定是好极了!"不过,爸爸在这里好

像是给你做了一个"坏榜样":怎么能吃饭的时候玩食物呢?哈,爸爸一定是跟你一样淘气喽。

一样地睡得舒服踏实。不过,你爸爸最喜欢的睡觉方式是:头顶地,脚朝天,地地道道拿大顶的把式。

1月30日

还是让我给你介绍一下我们的住处吧。首先是在我们这儿看风景堪称一绝,因为你可以将地球上的大海、湖泊、河流、山川、平原和峡谷尽收眼底。孩子,这种太空俯视观景的感觉真是太棒了!放眼向正前方望去,你会看到冲你眨眼睛的星星和会发出五颜六色神奇光芒的其他行星。我们的"和平"空间站一共有6个舱1个厕所、1个餐厅、2个卧室和3个车间——车间里有"联盟"航天舱、航天飞机和补给飞船。空间舱实际上是一个个长达13米的管子。这些"管子"里满是最先进的小玩意:最先进的冰箱、电脑、气体分析器,还有用于娱乐的固定式脚踏车和自行车。当然了,我们这里所用的一切电力都是太阳能提供的。

你大概想不到吧:在太空里你还是有上、下的方向感,你在工作的时候还是乐意头向着天花板脚踏着地面。为了加强大家的地面感,每个空间舱的天花板都被漆成了白色,而墙被漆成浅蓝,至于地板则被漆成了难看的橙黄色和绿色。宝贝,当我给你打这封信的时候,我正飘在半空中用那些嵌入桌子内的电脑哩。不过,这跟地球上的感觉并没有什么两样,如果没想到我是浮在空中给你写信的话,我几乎忘了自己还在太空里哩。

2月2日

在这里,地球上的时钟和闹表都失去了意义,太阳公公倒是在你的身体内安了一个神奇的生物钟。不过,这里的白天与黑夜的概念跟地球上完全是两样。我们每隔5分钟就经过一个白天与黑夜的

假如没有战争

轮回。我们这里所有的时钟是以莫斯科时间为标准时的,不过,每当我在莫斯科时间大中午的时候向空间舱的舷窗外望去时,我看到的可能是满天的星斗,也可能是明亮的阳光。这奇妙的一切全因为我们的空间站每45分钟就绕地球运动一周的缘故。

每天早上8点钟,我们这里的起床铃准会很及时地尖叫起来。我们这里和家里一样一日三餐,上午9点钟吃早点,下午2点钟是中饭,晚上8点钟当然有一顿丰盛的晚餐了,11点钟的时候我们就得乖乖地上床睡觉。这时候,我们得把空间舱里的所有的灯都关上或者把自己的眼睛用黑布蒙上,只有这样做才能让自个儿身体内的生物钟"上当"——是到天黑睡觉的时候了。这种睡觉的方式跟海军潜艇上的叔叔睡觉的办法没什么两样。

2月5日

爸爸的同事萨沙叔叔一准又在隔壁的舱里蹬脚踏车了。爸爸没有看到叔叔去那里,也没有听到他的动静,但我就像超人一样能"感"到是谁在那里,又在那里做什么,这倒不是因为你老爸有特异功能,而是因为你的那位萨沙叔叔只要在那边一蹬开脚踏车,那么我这个空间舱就会上上下下地飘起来,因为萨沙叔叔锻炼时产生的共振能让整个空间站都"动"起来。

为了避免因为这种不平衡对我们的精密实验(比如培植蛋白质晶体)造成影响,我们就把这类的实验放在一个特别的空间舱里。在那里,我们通常用电磁场来保持实验平台的平衡,让所有的实验平平稳稳。

2月6日

货运飞船今天离开空间站了。它的名字叫"发展"。它来的时候带着满满一飞船的东西:你妈妈写给我的信、新鲜的食品和新衣服,对了,这回还有宝宝你"咿咿呀呀"向爸爸问候的磁带,当然了,

飞船运得最多的自然是保证空间站运行的燃料、水和各种各样的器材了。这种飞船是没有人驾驶的，它完全靠设在莫斯科的地面站对它进行飞行控制。

而"联盟"航天舱则是有人驾驶的飞行器。几个月前，我与其他两位俄罗斯叔叔就是乘它来到"和平"空间站的。如果一切顺利的话，我5月底就会回到小宝宝的身边了。

当货运飞船卸完了东西后，我们开始往上面装东西：损坏的仪器、厕所里的污物、肮脏的衣服。"发展"号货运飞船今天准时脱离空间站，估计明天就可以进入地球的大气层。

而明天我们也要开上我们的"小车"——"联盟"航天舱去兜风了。这是为什么呢？原来呀，我们下个星期要接一艘新的"联盟"。不过，我们航天舱现在所泊的航空港真是太老了（10年或者10年以上了），因此最好不能让它再受宇宙垃圾的攻击了。不过，我们还是别无选择。这么一来的话，我们的航天舱从航空港上脱开后能不能回来就很难说了，因为只要航空港受到重创的话，那么我们只能乘着"联盟"回地球了。如果是这样的话，我们的航天舱在穿过地球大气层时就会被烧得通红，然后才弹出一个降落伞，最后我们坐的这个航天舱就会一头扎进塔吉克斯坦的大漠里。爸爸可不希望会出现这个情况，因为那样就有危险了。

3月20日

昨晚是我到空间站度过的第一个真的黑夜，因为我们所有的电力都坏了，空间舱里黑得伸手不见五指（这时候所有的自动舷窗因没有电也打不开了，所以阳光也照不进来）。另外，我们还感觉到一种特别的寂静。直到这个时候，我才意识到平时是听习惯了通风设备嗡嗡的声音。没有通风机意味着空间站里的空气也就不循环了。这时候，我感到因缺氧而带来的头痛的反应。这就是我一向为什么喜欢倒立着睡觉的原因，因为地面上的通风情况要稍好一些。

假如没有战争

4月2日

我们今天成功地把自个儿的尿变成了地地道道的饮用水。我们先是把尿液分解成氢和氧,然后得把分解出来的氢气排入太空(如果空间站内有氢气那就太危险了,因为氢容易引起爆炸)。接下来还得用一种吸式过滤器把尿液过滤一遍。此外,当我们在锻炼的时候,我们排出的汗也向空气中蒸发。我们把尿液和空气中的汗水搜集到冷却盘管内,再加入特别的物质,当这些水再流出来的时候,我们用它当饮用水或者为我们的脱水食品重新复水,吃起来,哟,味道好极了!

4月6日

当我透过舱窗看到的只是一片茫茫大海的时候,我知道,过一会就是非洲大陆了,从海岸往外海延伸500英里,这片海面看起来并不是那么蓝,这是因为撒哈拉大沙漠和非洲其他大沙漠风暴的缘故。据说,这些风沙最后飘落到南美洲并给当地带来了肥沃的土壤。这么一说,非洲真是亏老鼻子去了!有的时候,非洲的乍得湖看上去就像是地球表面上的补丁一般。

北半球现在已经是一派千里冰封万里雪飘的景象了。圣劳伦斯河上的浮冰一天一个样。银装素裹下的西伯利亚和加拿大西部平原将那里的村庄和城镇勾勒得分外清晰。

亚马逊的热带雨林着火了,火势一定不小,因为在太空上就能清楚地看到那里冒出的滚滚浓烟。这真让我伤心,因为亚马逊的森林是地球的氧气库,而那里现在却被人类开发成农场了,这完全是一种杀鸡取蛋的做法。现在这块茂盛的绿色宝地正在被东一块西一块如同补丁一般的灰色的城市所取代。

五、科学之美

5月1日

亲爱的宝宝，今天是国际劳动节。地球上的好多国家都庆祝这个盛大的节日。

从今天晚上开始的12天内，我将进行睡眠实验：眼睛活动、电极、体温、血压、做梦等。

但愿做个好梦吧，如果一切进展顺利的话，这个月底我就能回到宝宝的身边了。

> 科学本身就具有伟大的美。一位从事研究工作的科学家，不仅是一个技术人员，并且他是一个小孩，在大自然的景色中，好像迷醉于神话故事一般。
>
> ——居里夫人

奥卡姆剃刀

【邓琮琮】

六百多年前,教皇把一个神学领域的异端分子关进监狱,目的是不使他的思想得到传播。这个异端分子叫威廉。上帝保佑,威廉居然逃跑了,并投靠了教皇的死敌——德国的路易皇帝。他对路易说:"你用剑来保卫我,我用笔来保卫你。"

威廉写下的大量著作都影响不大,但一句不见于他著作中的格言却享有盛名。这句格言只有8个字:"如无必要,勿增实体。"其含义是:只承认一个个确实存在的东西,凡干扰这一具体存在的空洞的普遍性概念都是无用的累赘和废话,应当依据这一格言一律取消。这一似乎偏激独断的思维方式,被称为"奥卡姆剃刀"。

六百多年来,一个又一个伟大的科学家磨砺着这把"剃刀",使之日见锋利,终于成为科学思维的出发点之一。凡使用过这把"剃刀"的科学家无不成果辉煌。

日心说是如何取代地心说的?难道四百多年前的哥白尼看到地球绕太阳运行吗?否。他只是觉得地心说太复杂了:有80个圆球整天在地球的周围绕来绕去,既不和谐,也不美丽,创造宇宙的上帝更不会这么笨。于是,哥白尼使用"奥卡姆剃刀",把那些多余的圆都剃掉了,并创造出一个他假想出的"哥白尼宇宙":地球自转着,并绕太阳公转着,潇洒、漂亮、简单。他坚定地相信:大自然不做任何多余的事情。他一刀"剃"出了近代科学的开端。

牛顿也是在苦苦地寻觅这把"剃刀"的时候才"在苹果树下睡着"的,一个苹果把他砸醒了,他的"剃刀"也找到了。他一刀砍掉了他原先走过的、准备过的、思索过的全部过程。只留下了"一

五、科学之美

个苹果落到地上"这样一个最简单的事实,并以此作为科学推动的初始点。他发现了万有引力定律。

最复杂的事情往往是最简单的事情。牛顿以后的少数伟大数学家沿着"奥卡姆剃刀"剃出的这条思维之路前进。他们的共同点是:每一个人都解决过最复杂的问题,但都是首先使用"奥卡姆剃刀",将复杂的对象"剃"成最简单的对象,然后再着手解决问题。一句话,先缩减而后增加,先丧失而后赢得。

历史显示,无数科学家都曾走到科学发现和科学创造的跟前,但都因为没有勇气和能力使用"奥卡姆剃刀",而与"天才"的辉煌称号失之交臂。英国物理学家胡克肯定比牛顿更早提出了引力观念,但他无疑缺乏牛顿那种横绝一世的数学天才。在胡克那里,引力是模糊的"多",是无法证明的庞杂的"增加"。而牛顿的天才使引力成为可以证明的数学公式,成为可以把握的简单的数,成为"唯一"却"普遍"的定律。

此后二百多年,没人敢对牛顿再使用一次他使用过的"奥卡姆剃刀"。无数的物理学家只敢在牛顿的基础上"增加"着,在他的定律的细节上"补充"着,在他"钦定"的小数点后面追加零的个数。爱因斯坦之前,物理学家彭家勒、洛伦兹已经接近相对论的成果,就因为不敢给牛顿"剃头",使物理学的最伟大的变革时代没能在他们的手里诞生。只有爱因斯坦勇敢地举起了"剃刀",剃掉了"增加"了二百多年的长在牛顿头上的"荒草",并开垦出现代物理学的处女地。可以说,爱因斯坦一生科学活动的成功,就是使用"奥卡姆剃刀"的成功,在他手中诞生的新的世界体系,是用单纯的演绎法建立起来的!

毫无疑问,"奥卡姆剃刀"的功能不是要结束,而是要另行开始。六百多年来,这把"剃刀"被科学家们磨砺得越来越快,但敢于并有能力使用它的人并不多,它太锋利,弄不好,会割破自己。历史上举凡成功之辈,都是不怕头破血流的人。

科学是美丽的

【范小春】

闪烁的仪表、难闻的气味、复杂的数据、一副厚重的老式黑框眼镜及镜片后面那张不苟言笑的脸——所有这些或许就是普通人在提到"科学"二字时,脑海中出现的科学和科学家的一幕吧,灰暗、严肃、缺乏美感。"美丽"?不,它似乎不会与科学画上等号。

然而,任何一个真正理解科学的人都会由衷地赞叹道:科学,真美!

科学美在她的神秘。她总是像个"犹抱琵琶半遮面"的女子,露出了高雅的发髻、漂亮的娥眉和一双纤纤玉手,却藏起了那动人的樱唇和脉脉如秋水的明眸。大自然频频向人类展示着天地的物换星移、万物的生生不息……种种不解的现象吸引着茹毛饮血的祖先们。他们开始思索,在走向文明的路上,开始摸索着揭开那层神秘的面纱。尽管他们撞开一扇门时又发现门内竟然是另外十几扇、几十扇门,但人类体会到了思维的快乐——不同于满足了食欲、贪欲之后的另一种全新感受。这是心灵的收获,引起了人类进一步探索的激情。几千年的文明史,是人类探寻科学的征程,因为有歧路有岔道,一路上始终弥漫着神秘。这种神秘和距离赋予了科学极大的美感。

科学的美在她的简洁。如同闻名世界的"夏奈尔"时装,不管工艺多么复杂,简洁是永恒的主题。爱因斯坦在他举世无双的大脑里进行着天才的构想,得出了最质朴的质能公式:$E=mc^2$。尽管

五、科学之美

在此之前所付出的劳动之艰苦是无法描述的，但他始终就是如此简洁，永恒而冷静地思索着宇宙间的一切变化。为了得到一条未知的真理，人们费尽周折"为伊消得人憔悴"，但简洁所带来的美是能使这颗疲惫的心得到满足的。如果你能体会到爱因斯坦第一次写下这个方程时的心情，你定会醉心地叹道：科学，真美！

科学美在她的对称。在古典美学中，"对称"拥有无可争议的最高地位，而在科学领域，她同样绽放出光彩。自奥斯忒发现电流的磁效应起，人们就开始思索：既然电能够产生磁，那么反过来磁是不是能产生电呢？在这种思考角度的引导下，英国科学家法拉第经过多年研究，终于发现了与之相对应的电磁感应现象。可以说在此过程中，科学家对"对称美"的追求起了导向作用。美国科学家阿·热说过"在科学研究中只需追求其美，因为对称是科学探索中的一条指导原则"，这充分表达了科学具有美感的由衷赞叹。

科学美，还在于她是进步的。科学家总在寻求真理，其最基本的特征就是不断进步。尽管在任何一个特定阶段科学都达不到完美，但正因为"上帝给我们不完美的智力留下了继续进步的余地"，她的美才显得分外独特，如同维纳斯残缺的双臂。

科学的美在于精神。科学的神秘、简洁、对称及不断进步的精神本质，使之成为人类进步的动力。而只有当你全身心去接触科学时才能感受到她的精神和力量。

正是因为有了科学的精神，艺术的表现，才孕育出如此诱人的世界，如此美的生活。

看看电脑会有多高明，让它下盘围棋吧

【乔治·约翰逊】

电脑"深蓝"一举击败国际象棋大师卡斯帕罗夫震惊了西方世界，可这一消息在东方顶多让人打个哈欠而已。

尽管在日本、中国、韩国和其他国家有很多人钟情于国际象棋，但在那里更流行的还是看上去再简单不过的围棋。这一古老的游戏精深美妙，其之于国际象棋好比东方拳术之于西方拳击。如今的围棋迷们自豪地发现，电脑要想正儿八经地玩一玩这一迄今为止最纯粹的"人类"的游戏，还差得远呢。

台湾的应昌期先生悬赏144万美元征求第一台击败围棋高手的电脑。重赏之下，必有勇夫。过去十年来，电脑设计家们绞尽脑汁，的确使围棋电脑的本领日渐提高。目前在美国和日本举行的国际电脑围棋年赛，冠军奖金均约为25,444美元。然而尽管这些冠军们的才技鹤立鸡群，在与学棋约一年的人比赛时仍然不堪一击。初学者便可以横扫当今所有的围棋电脑，用不着有个卡斯帕罗夫。

"深蓝"能够击败国际象棋冠军，靠的是基本的行棋知识加上强大无比的检索演算能力。而这排山倒海般的能量在围棋的精妙面前完全无能为力。迄今最强的电脑围棋程序之一"多面围棋"的设计者、美国惠普电脑公司的工程师大卫·佛特兰德说："强力检索对围棋全无作用。你得创造出一个像人一样精明的程序来。"

要使电脑下出的围棋多少像点样子，必须使其具备辨认各种微妙复杂的图形的能力以及运用自身直觉经验的能力。这种能力正是人类

五、科学之美

智慧的一大特点。如果真有一天电脑能打败围棋高手，那将标志着人工智能开始成为实实在在的东西了，也将宣告又一个科技时代的到来。

下围棋时，棋盘上的图形如美丽的花瓣一一展开，人的思维就沉浸于这些图形所构成的美妙世界中，一串串行云流水般的行棋次序犹如一首首如泣如诉的旋律。关键就在于如何使电脑能够谱写并体会这视觉的音乐。表面上看来，围棋似乎比国际象棋简单：64个方格上的国际象棋每一方各有16只棋子，等级从兵排到王；每只棋子只能根据规则以自己特有方式移动，譬如象只准走斜线，马只准走L形等。而围棋则没有那么复杂的规定。所有的棋子都是一样的，对局者将黑白棋子分别放置在19路见方的棋盘的未被占据的交叉点上。国际象棋在开局时，全部的棋子都在棋盘上，以后逐渐减少。而围棋则是从零开始，361个交叉点，处处是战场，有的地方硝烟弥漫，有的地方则风平浪静，有时几处同时燃起战火。通常人们把国际象棋比作一场中世纪的战争，围棋则更像是一场烽火连天的世界大战，很多情况下很难说清哪一方领先。在世界专业水平的国际象棋比赛中，如果你丢掉一个兵，棋局的结果在绝大部分情况下便有定论。而在围棋中，也许你在某一局部的生死搏斗中丢盔卸甲，但比赛可能远没有结束，你还可以在别处卷土重来。

对于电脑来说，国际象棋与围棋的种种区别是无法逾越的巨大鸿沟。由于棋子移动方式的制约，国际象棋棋手在思考下一步棋时，大约只有35种合法选择。"深蓝"等电脑会针对这些选择加以分析，考虑对手的回应以及下几个回合可能出现的情况。最好的国际象棋电脑程序可以分析到七八个回合。这种信息检索选择方式就好比一棵枝叶繁茂的大树：主干分出35个枝干，每个枝干再分成35个树杈，每个树杈再分出35个树枝，依此类推，愈是高级的电脑程序所派生的树杈树枝的层次就愈多，最终达到每一片树叶，即可供选择的结果。如要求电脑能思考到第7个回合，即14步棋，便需要有

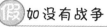

3514（十亿万亿以上）片"树叶"。每多一个回合，树叶的数量就有爆炸性的增长。电脑工程师们使电脑能够合理地"剪枝"，又使一部分而非全部树叶与主干相连。尽管如此，能够思索7个回合的国际象棋电脑每步棋仍然需要有544亿或644亿种选择。

　　这样的数字已是够惊人，而电脑下围棋则更不可思议。选择之树的庞大茂密即使迄今最强大的电脑也无法承受。下第一步棋时，361点的任何一点都是合法的，而第二步棋有364个合法选择。随着棋局的进展的，选择逐渐减少。但一般说来，每步棋平均244个选择，而国际象棋仅有约35个。也就是说，国际象棋在4步棋之后，全部棋子在棋盘上的位置变化大约为154万种，而围棋则有16亿，在布局阶段数字还要大得多。再多一回合，数字还会暴增：国际象棋为18亿，围棋为644亿。要思考14步棋或7个回合，围棋电脑的"树叶"并非国际象棋的3514，而是24,414之多。通过"剪枝"，还要剩下一亿亿种选择，那么一台与"深蓝"同等速度的围棋电脑（即每秒钟可分析两亿种可能性）每下一子需要想一年半的时间。

　　还远不止于此，即使经过如此这般上天入地的检索，围棋电脑在与人对局时也占不了多大便宜。国际象棋电脑在经过大量的信息筛选之后试图找到使其处于最佳位置的那一步棋，所采用的办法是称作价值功能的相当简单的公式：每个兵的价值为1、马和象为3、车为5、后为9，这一数字再与显示棋盘上位置强弱的另一数字相乘，以得出某一棋子在当时的相对值。还有其他一些公式用来决定某些概念的价值量，如王的安全程度或某一棋子受到攻击的可能性等。这些规定虽不一贯正确，但能使电脑对棋局的进展有个大致的感觉并据此做出自己的决断。而围棋则不受这些简单分析的约束。围棋盘上并无像"王"一样的棋子。每颗子都是平等的。统计双方吃子的多寡也不能说明什么情况。有时某一着棋便可以沧海变桑田，将对方苦心经营的领土化为己有，将对方的大龙变为自己的佐餐。

　　围棋棋手们是通过对形状的认识来评估棋局的进展的，而对这

五、科学之美

些形状的认识是无法作出几何分析的。棋手完全依赖自身的经验去感觉哪些形状是活的或死的、好的或坏的。这一对形状的感觉正是胜负的关键,也是棋手水平高低的关键。棋手不愿浪费自己的棋子去无谓地攻击对方活的形状或无谓地去试图挽救自己死的形状。有时千钧系于一发,高明的棋手也难以作出生死的判断。要赋予电脑这种对形状的感觉,电脑科学家们面临着人工智能领域的基本课题。佛特兰德先生给他的围棋程序"多面围棋"输入一些基本概念,如对领地的认识及对棋子连接的认识,并输入二百多个高层次的战术概念,如"攻击弱棋"、"向处女地进行扩张"、"落后时开始无理的侵入"等。"多面围棋"可辨认一千一百多个不同的形状,每一种形状都有一些可行的手数。像"深蓝"一样,"多面围棋"储存很多常用的开局形式及一些惯用套路。依赖这些储存的知识,"多面围棋"每一步棋仅在五至十种可能性中作出选择,而非理想的二百多种。

给电脑输入一些概念是一回事,而教给它灵活运用这些概念则是另外一回事。可接可不接的棋或可断可不断的棋什么时候应连接或切断?什么时候又无需连接或切断?比起人类对于模糊概念的处理能力,电脑今天还是个婴儿。

能够击败人类的围棋冠军而赢得应昌期围棋基金会悬赏的 140 万美元的奖金恐怕是个无法实现的梦。该项奖金于 2000 年到期。围棋电脑的设计师们希望把截止日期推迟一到两个世纪。

错误的必要性和价值

【詹姆士·奥尔森】

女士们、先生们：

早上好！

如果按传统的主题讲，毕业典礼标志着受教育的开始，而非结束。这样讲是正确的，我深信不疑。

毕业典礼中通常讲的主题是：四年中你学到了什么。你加深了对周围世界的认识，对过去的认识，预测未来的发展可能。

还有，你对自身也有所了解：认识到自律的价值，认识到制定目标和实现既定目标的价值。还学会了研究、分析、学习和交际的方法。这对你未来的发展会有很大的影响。对此我也深信不疑。

最后一点，演说者还不止一次地要求毕业生，不仅面对争取一个人成功的挑战，而且面对为了全体人民把家庭、把国家转变成一个更美好的世界的一种挑战。梭罗曾说过，不仅追求美好，而且为某种目标追求美好。我非常赞成这种说法。

请你们注意这些主题，并铭记在心。

但我今天不想再重复这些主题。在主旨演说开始之前，我要敦促你们在今天和未来保留某些孩提时的思维方式。此外，我还要赞许犯错误的必要性和价值。

作为美国电话电报公司的董事长，我主持一个拥有30万人的全球性公司。它是为这一代人和下一代人服务的主要行业之一。我这个行业中需要的人才不是那种对所学到的知识沾沾自喜、充满自信的人，而是敢于承认无知的人，受到无知驱动的人。

五、科学之美

我也广纳那些正在走向成熟的人才。他们不失好奇和热情,并具有年轻人特有的敏锐——这种敏锐不是来自于事物既定的方式。

持这一观点的并非我一个人。只不过这不像茶余饭后的话题那样为众人所议论。所以,请允许我做些解释。

先从电话电报公司自己的职员开始。约翰·皮尔斯是贝尔实验室一位有名的科学家。因为1960年他在通讯卫星方面所作出的贡献而被许多人誉为"卫星通讯之父"。

皮尔斯说:"知识使人明目,技术使人高效。而意识到无知才使我们充满活力。"

约翰·皮尔斯的目标是要更多地去发现自己的无知。他认为我们应当极力避免终极智慧,即绝对的对与错、好与坏、世界与国家的发展趋势及其应当发展的趋势。

在我们的头脑中——但愿不是在学校里,我们习惯于将理科与人文学科分属于不同的阵营。我们这样做是在冒险,在当今的世界里,我们需要各种思想和观点结合的协同作用。

是工程师同时又是诗人,是行政官又能演奏重金属摇滚乐,是演示者同时又是发明家……生活的多面手,这才是我们这个时代的典范。

但在商业和个人生活中我们更多的是不敢冒险,总是跟别人亦步亦趋,遇困难就退避三舍。

这是我们这个世纪的不幸,因为当今只有变化、不确定与模棱两可是有价值的。我们现在比任何时候都需要培养灵活性与创造性。

确实,我们需要重燃孩提时代那种对世界的惊异与新鲜感,善于接受新思想而不为既定的行为方式所束缚。

毕加索生前悲叹少年创造力之被扼杀。他们看待世界的那种独到而又富有想象力的方式终于为现有知识所束缚,随着成年而消退。正如他所说:"每个孩子都是艺术家,问题是一旦长大后怎样仍不失为艺术家。"

这令我想起一个真实的故事。幼稚园教师让孩子们为他们的学校绘一幅画。看孩子们的作业时,发现一个孩子的画,无论如何也看不出画中描摹的是学校哪些建筑。

几分钟后,他忽然明白了,这个孩子画的是鸟瞰图。至少可以说是一种新奇的探索。很幸运,这种方法得到了这位教师的肯定。

这个孩子的画所展示的不仅仅是一所学校,而且是所有重大突破所具有的基本特征——通向新发现的与众不同的新观点。

这种独特的方式正在日益取代那些经考验证明为可靠的方法,因为老方法在这样一个受变化影响的世界里已经行不通。

如果怀疑变化的持久性和事物的不断组合,就让我直接用事例说明变化是怎样在改变着这个世界的面貌的。

1978年丰田和日本在美国的汽车商们不得不动用准备返还客户的部分退款,与此同时,福特也在对其V8s型汽车收取附加费,因为其资金周转不灵。

仅一年之后,形势发生了翻天覆地的变化。克莱斯勒蒙受了11亿美元的损失,只能请求联邦贷款保险来避免破产。

在我的公司中,类似的情况出在超导。超导即一定的材料在特定条件下,不仅能导电,而且没有电阻,因而没有能量和速度损失。

如果上述理想能实现,那么利用超导就能创造出如飞机一样快的火车,如微型太阳一样的发电厂以及像今天的超微机一样的个人微机。

超导现象在1911年首次被发现,但它却在僻静的实验室里,折腾了近一个世纪。

去年,这个历经75年的科技难题仅用了75天就有了突破,使之由理想转变为可能。

就个人而言,我所经历的最富戏剧性的变化,就是贝尔集团意料之中的解体。

我们的任务就是打算解散这个世界最大的私营集团,将其重组为

五、科学之美

八个新的公司。

这可不是件轻而易举之事，因为贝尔公司拥有100万雇员；1500亿美元资产；700万份账本和2亿份客户材料；2万4千座建筑；17万辆机动车及一百多年的历史。

我所听到的对我们这一任务最好的描述是：好比试图在半空中将一架747客机一个部件一个部件地拆开。

正如起初所担心的,强制过户终于发生了。我相信这一过程足以成为商业学校所教全部知识的一部分,但我希望这重要的一课不会被忽视。

这一教训是,未来无定数。它适应我所注意到的技术领域的变化,市场的变化以及"环球村庄"的出现。

这一教训是,一个人不可能走回头路,他所能依靠的只有恢复力和适应力。

历史学家巴巴拉·曲奇曼曾说过："你不能推知人类的触角会伸到哪里。历史从来不会紧跟而总是捉弄科学的轨迹。"

一个人可能会尝试去作有学问的预测,但往往多半是错的。不要因犯错而责怪自己。因为在我们的错误中也许就孕育着现在未知事物的答案。

因此,不要担心犯错误;真正该担心的是怕犯错误。只有那些胆小鬼——那些唯唯诺诺的人,无远大抱负而又成绩甚微的人才不犯错误。

正如美国心理学家爱德华·底博农所说："要求事情在任何阶段任何时间万无一失也许是新思想的最大障碍。"

他引述了马可尼的经历,马可尼提出了向大西洋彼岸传送无线电报信号的设想,曾遭到专家们的嘲笑。

专家们头头是道地论述到,无线电波是沿直线运行的,它们将成束跑向太空而不会沿地球弧线运行。

幸运的是,马克尼坚持不懈,终于取得成功。但这是基于错误的成

功,使传播成为可能的是那时还鲜为人知的能将电波反射回地球的电离层。

正如底博农所说:"正是通过错误马可尼才得出结论。如果他始终刻板地坚持逻辑,就永远不可能成功。"

马可尼的错误为我们的通讯开辟了新天地。其发明与亚历山大·格雷厄姆·贝尔发明的电话一起,为我们展示了看不见的连接世界的未来网络。

贝尔首次用电报捕捉到了这些电波;马可尼没用电线就使它们得以传送。后来,这些电波将在2万3千英里高空的卫星与地球间穿梭,或者在一缕缕轻柔的光线上穿行。

这些电波产生了声音——然后是话语,进而有了图像——出现了电视,以及今天瞬间信息的大量涌现。

所以我希望诸位换个角度看待错误。把错误作为一个起点,作为一种激励,去用不同的眼光看待问题。

最后我希望你们坚持乐观主义的同时融进些怀疑主义。这看来是时代的一种健康的交融。

不要做犬儒,把它留给老一代人吧!凡事要质疑,问个"为什么",同时要充分相信自己的观点,问个"为什么不"。"为什么是……为什么不"是两个简短然而深奥的问题。

总之,记住幼稚园里的孩子……从鸟瞰看问题。

记住马可尼及错误给予的报偿……向电离层努力。

最后,不要因你的知识和成就而沾沾自喜,麻木了思想……对无知作出反应和行动。

六、迈出关键的第一步

探险者的一课 / L.F.威拉德
重要的是心境 / 凡　夫
手比头高 / 陈兆庆
父亲的难题 / 凡·拉里森
我们身边的发明 / 佚　名
把耳朵叫醒——米老鼠的诞生 / 潘　炫
夹着尾巴做人 / 李　凯
饥饿使他发明了高压锅 / 匡恒照
感谢饥饿 / 王巨成
成功始于一个意念 / 周忠文

探险者的一课

【L.F.威拉德】

我那个不准离开前院的孙子贾森,已是无影无踪——10岁的孩子总是这样。我叫了几声,没人回答。我坐到草坪上的折椅里准备读书,发现那架长梯子平躺在车道边的大树下。根本不需要歇洛克·福尔摩斯,贾森肯定是在树上,只是不巧把梯子碰倒了。看来他暂时还不想下树来,更不想让我知道他的窘境。我本可以过去把梯子重新摆好,但忽然想起孩提时的一件事。过了50多年,我突然明白了它的含义。

雷蒙德·卡丁在许多人眼里是个可爱的乡下人。我记得他走在佛蒙特州诺斯菲尔的街上的样子:一位满头白发、衣着讲究的绅士。他与我有过一次短暂的交往,那时我正是贾森这般年纪。

我可以自由地在镇里到处乱跑,父母禁止我去的地方只有佩因山脚下废弃的采石场。但那是一个吸引人的地方,到处淌着浅绿色的水,并布满了碎石堆起的小坡。小白杨树从石缝中长出来,攀着它们能轻易地爬上这些小坡。矮树丛中不时可发现生了锈的采石机。

一个夏天的下午,我跟着一群大孩子去那个地方。他们走离了通往采石场的被人踏出的小路,然后扔下了我。我爬过一根根伐倒的树干,穿过缠人的荆棘丛,找了一个多小时还没找到原先的小路。太阳很低,已过了晚饭时间,父母大概在着急了。我惊慌起来,就坐在一棵树下,用声音表达了我的苦恼。

当我止住声喘口气时,听见有人在吹口哨。我立刻就找到了吹口哨的人。他正坐在小路边的一段树干上,削着一根细树枝。

六、迈出关键的第一步

"哈!"卡丁说道,"出来散步吗?天气真好。"

我点点头:"我只是想来考察一下这个旧采石场。不过现在我得回去了。"

"要是你愿意稍等一会儿,"卡丁说,"我想和你一同回镇上去。我快要完成这个柳哨了,做好了送给你。"

他把柳哨递给我,然后站起来。伴着清亮的哨声,我们一起顺着小路走下山坡。

现在当我坐在这草坪上的折椅里时,我第一次明白了那是一个多么不寻常的友善举动。那个人听到我的哭声,明白这是一个小男孩迷了路。出于一种情感,他不愿充当一个援救者的角色,而是坐在一旁吹口哨,使我能够找到他。他尊重一个小男孩的自立感。

我从折椅里站起来,把停在大门前的旅行车开进车道,停在大树底下——那是它平时停放的地方。然后我拿起梯子,拿着它绕过房子,将它放在屋后。当我回来时,贾森已坐在我的折椅上了。

"你到哪儿去了?"我问。

"探险。"他说,"我是个小童子军,你知道吗?

"我知道。"我说。

> 无可否认,创造力的运用、自由的创造活动,是人的真正的功能。人在创造中找到他的真正幸福,证明了这一点。
>
> ——阿诺德

重要的是心境

【凡 夫】

苏格拉底还是单身时,和几个朋友一起住在同一间只有七八平方米的房子里,他总是乐呵呵的。有人问他:"那么多人挤在一起,连转身都困难,有什么可高兴的?"苏格拉底说:"朋友们在一起,随时可以交流思想,交流感情,难道不是很值得高兴的事吗?"

过了一段时间,朋友们都成了家,先后搬了出去,屋子里只剩下苏格拉底一个人,但他每天仍很快乐。那人又问:"你一个人孤孤单单的,有什么好高兴的?"苏格拉底说:"我有很多书哇,一本书就是一位老师,和这么多老师在一起,我时时刻刻都可能向他们请教,这怎么不令人高兴呢?"

几年后,苏格拉底也成了家,搬进了七层高的大楼里,他的家在最底层。底层在这座楼里是最差的,不安静,不安全,也不卫生。那人见苏格拉底还是一副其乐融融的样子,便问:"你住这样的房子还快乐吗?"苏格拉底说:"你不知道一楼有多妙啊!比如,进门就是家,搬东西方便,朋友来访容易……特别让我满意的是,可以在空地上养花、种菜。这些乐趣呀,没法儿说!"

又过了一年,苏格拉底把一层的房子让给了一位朋友,自己搬到楼房的最高层——因为这位朋友家里有一位偏瘫的老人,上下楼不方便。

搬到顶楼后,苏格拉底每天仍是快快乐乐。那人揶揄地问他:"先生,住七楼有哪些好处?"苏格拉底说:"好处多着哩!仅举几例吧。每天上下几次,这是很好的锻炼,有利于身体健康;光线好,看书写文章不伤眼睛;没有人在头顶干扰,白天黑夜都非常安静。"

柏拉图说:"决定一个人的心情的,不在于环境,而在于心境。"

六、迈出关键的第一步

手比头高

【陈兆庆】

常记起父亲发脾气的样子：眼睛直直地瞪着你，高声数落。在我顶嘴拒不认错的时候，他甚至会粗鲁地攥紧老拳，连眉毛都竖起来，样子可怕极了。

记得刚参加工作的那些日子，面对盛怒的父亲，我伤心又沮丧。我默不作声，心里却在说：不要再像管小孩一样管我！

那时对生活、对工作都有许多自以为得意的想法。我讨厌日常工作和生活中的琐碎小事，对父亲给予我的"大事做不来，小事不愿做"之类的评价嗤之以鼻。我迫不及待地告诉家人，我拥有许多听众，我的同学、同事和新交的朋友都愿意听我演讲。我眉飞色舞地对家人说："在快节奏的现代生活中，演讲是一门实用性很强的艺术，拥有听众就拥有成功。"父亲朝我一瞟："这么说，你的知音可多了？"我愈发得意起来："那还用说，当然啦！"我忘情地等着父亲更热烈的赞扬。

可是我想错了，我抬头看见坐在对面的父亲正一脸怒气地盯着我。他眉头拧起来，脸绷得紧紧的，把筷子放到一边。我感到惊愕，避开父亲的目光，自言自语地轻声说："我哪儿说错了吗？"

"你以为你很对？"父亲几乎是咬牙切齿地说，"你对个屁！"

我忍不住叫了起来：

"不，我是对的。不对的是你这么粗鲁，这么简单，这么不理解人。你真让我受够了！"

"闭嘴！"父亲的手似乎有些颤抖，他腾地站起来，挥着胳膊大

声命令我:"把手举起来!"

我无法理解他,觉得他非常可笑。家人都不知怎么回事,只有母亲附和着也叫我把手举起来。我再也咽不下这口气,拔腿走出房间。

父亲在身后高喊:"给我回来!"

可我没听,我想以出走迫使他明白自己是过分了。

然而,没等我跨出房门,就被父亲一把抓住了。他紧紧握着我的胳膊,使劲让我转身。我看见父亲已鬓发花白,愤怒使他的脸涨得紫红紫红的。我从对峙中软下来,让他把我拽回餐桌旁。

他把我按到椅子上坐下,口气严厉地说:"叫你举手,不服气?你把手举起来,我要你好好看看,手比头高!这意味着什么?这意味着无论什么时候,干总是第一重要的。不管你想得多好,讲得多好,你都得干,要动手干!夸夸其谈,只能一事无成,你难道想做那样的人?"父亲一口气说下来,在他的眼中我看到有泪光闪动。

"手比头高!"父亲的这一席话如同掠过平岗的疾风,一下子启开了我的心智。我终于悟出了自己的浮躁与浅薄。望着父亲因激动而泪光盈盈的眼,我感受到了他急切却深沉的期盼。那是父亲对儿子才会有的期盼!我浑身一热,想对父亲说些什么,可话到嘴边却怎么也说不出来。

几年过去了,当时最想对父亲说的那句话一直在心头:"父亲,错怪您了,我不知错怪了您多少回!"

欢乐的名字是创造。

——希 恩

六、迈出关键的第一步

父亲的难题

【凡·拉里森】

小保罗是个三年级的小学生。他父亲虽然空闲时间不多，但晚上却经常同他的孩子在一起。父亲喜欢孩子，总是津津乐道、不厌其烦地给他们讲些富有教益的寓言和别的故事。

一个星期五的晚上，保罗和姐姐玛莎在忙着刷保罗的田径鞋，因为他明天要参加学校举行的一场短跑比赛。坐在沙发上读报的爸爸摘下眼镜，凑过身子，又唠唠叨叨地讲起了他的寓言。他讲的是龟兔赛跑的故事，小保罗记得自己已听过好些遍了，实在叫人腻烦。

末了，爸爸对似听非听的保罗语重心长地说："孩子，你一定要记住，动作缓慢的乌龟之所以能跑赢兔子，是因为它的踏实和韧性。"然而保罗还是低垂着头，默不作声地弄他的鞋子。爸爸的口吻变得有点严肃："难道你不觉得应该从乌龟身上获得一些教益吗？"

保罗神情困惑地朝天花板呆望了一阵，然后回过头来看着爸爸："这么说，你要我指望贝利、托尼、萨里在明天的60米赛跑中会像兔子那样躺下来睡觉？"

爸爸心里颇感惊讶，怎么也想不到儿子会突然冒出这样的话来。他沉默了一会儿，略为发窘地回答："我没有说乌龟会指望兔子在中途睡觉。"

"乌龟一定事先知道兔子在比赛时会睡觉的。"保罗反驳道，"要不然傻乌龟就是自不量力，竟敢和兔子较量。谁都知道，兔子的速度起码要比乌龟快上100倍！"

"乌龟压根儿就不知道兔子会睡觉，"爸爸坚持道，"它是靠坚持

不懈的努力，踏踏实实，一步一步地向前爬才取得胜利的。"

小保罗把两只小手的手指勾在一起，认认真真地思忖着。"我可不相信。"他倏地站起身来，"乌龟的胜利完全是靠运气，要不是碰巧兔子中途睡觉，它无论如何也不可能跑赢兔子。即使乌龟比你说的还要踏实100倍，它仍然跑不过兔子！"

爸爸的脸上露出一丝难以名状的笑容，捏着报纸的手颓然放在膝盖上……

伟大的智慧之所以能取得胜利是因为它在全都明白、全都了解的地方给自己提出问题："难道真是这样吗？"而提出这样一个问题就必然是作出巨大发现的前夕。

——萨帕林娜

六、迈出关键的第一步

我们身边的发明

【佚 名】

一次性杯子

1907年，美国人休·穆尔考入哈佛大学。要不是他的内兄劳伦斯·卢埃伦，休准能学业有成。劳伦斯认为："学习是浪费时间，生活中不受教育也能取得成就，比如发明点什么有用的东西也能赚钱。"一天，他对休说："我已经取得自动售水机的专利。如果你休学，同我合伙做生意，我们会发大财的。"休半信半疑地笑了笑，劳伦斯从口袋里掏出一包火腿，建议边吃边聊，结果两人越谈越投机，前景十分诱人。就这样，休决定放弃哈佛大学的学业。

很快，在火车站和马路边出现了第一批自动售水机。不过，他俩预想的抢购热潮并没发生。

当时，美国各个城市都有饮水龙头，因此很少有人花钱购买原本可以免费饮用的水。后来，由于卫生委员会宣布公共饮水龙头传播细菌，生意才稍有起色，因为他俩的自动售水机使用的是书写纸黏合的一次性杯子。

但买卖还是火不起来。

懊丧之余，休突然明白，他俩的生意不对路，不应该卖水，而应卖一次性杯子！凡到公共饮水龙头喝水的人，出于对患上肺病和流感的恐惧，都希望能买到一次性杯子。于是，休说服劳伦斯移师纽约，准备创建一次性饮水杯公司。

然而，他们遭到银行家的数十次拒绝。绝望中他俩找到一个理

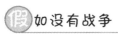

想的投资人——美国罐头公司总裁W.T.格雷汉姆，他是个十分害怕细菌的人。

休开门见山："我们需要25万美元。"

劳伦斯一脚把他踹到桌子底下。休爬起来，唾沫四溅，生气地高喊："细菌！到处是细菌！可又有谁想到过这一点呢？！"

"让我考虑考虑。"格雷汉姆说。

"考虑考虑？好，你考虑去吧，我们会找到合伙人的！"

就这样，格雷汉姆同意投入20万美元。

休和劳伦斯时来运转。恰巧当时一项调查结果被公布出来：学校的免费饮水箱里含有大量病菌。美国的父母们立即陷入了恐慌。而休和他的一次性杯子及时出现了。一百年过去了，休和劳伦斯的发明随处可见，但很少有人知道，这种极为普通的一次性杯子是一次保健运动的副产品。

速溶汤料

一位名叫尤利乌斯·马吉的20岁的农村青年——满脸雀斑大高个，生活在苏黎世郊区。他继承了父亲不大的磨坊，并给自己提出了一个目标：出人头地。可是，他唯一会做的就是磨面粉，于是他决定，只要能磨的，样样都磨。他从朋友舒勒医生那里得知，干蔬菜不会损失营养价值。马吉一下子投入大笔钱购买了蔬菜和豆类干燥机，开始生产菜粉和豆粉。就某一点来说，那是最早的速溶汤料。他很走运：家庭主妇高度评价他的产品。可不是嘛，仅5分钟一盆热汤就做好了。到1886年，他已经开发出了3种袋装速溶汤料。马吉的产品畅销全欧洲。

欢欣鼓舞的马吉在磨粉上狠下工夫。1890年，他又推出新产品：改善菜肴味道的万能调味粉。调味粉可用于沙司和凉菜、鱼和肉、汤和配菜，受到消费者欢迎。与此同时，他又开始琢磨起肉末，确切地说——浓缩肉汤块，新产品又很快得到普及。1901年，马吉这

六、迈出关键的第一步

个乡下人变成了在几个国家拥有企业的大老板。

1912年,马吉去世,但这丝毫没有影响公司的成长。两次世界大战成为速溶产品发展的最好契机。在野外条件下,各种汤料、调料和浓缩肉汤食用起来很方便。

一次性尿布

恐怕所有妈妈都同意,要给谁树碑立传的话,一定不能少了一次性尿布的发明者。

一次性尿布是美国化学家维克多·米尔斯发明的。米尔斯有3个孙子,是生活使他做出这项发明的。一天,家里人去度周末,把孙子留给他照看。他想得挺美:孙儿们在人膝前爬来爬去,给他们讲故事,用哦哦声逗小的……然而,孙子们先是在昂贵的手工地毯上"做记号",后又在沙发、床、厨房地板上……米尔斯害怕起来:"我该怎么办呢?"他给女儿打电话。"赶快换尿布和裤子!""什么?每次都是换?!"

众所周知,男人最不愿重复一种单调的动作,米尔斯也不例外。一次次换尿布多麻烦!米尔斯决定解决这个问题,他开始研究一次性尿布,当然,首先在孙子身上试验。

1961年,一次性尿布正式上市。到20世纪60年代末,脏尿布已成为大多数美国家庭的记忆。今天,一次性尿布世界市场的年销售额达40亿美元。难道人类不该感谢米尔斯单独和孙子们留在家里这件事吗?

把耳朵叫醒
——米老鼠的诞生 【潘 炫】

他是一个年轻的画家,但他很孤独,因为他贫困潦倒无人赏识。

后来,他终于找到了一份工作,替教堂作画。虽然报酬极低,他又无力租用画室,但他仍像抓住了一根救命稻草似的,全力以赴不敢懈怠。

当时,他借用了一间废弃的车库作为临时办公室,可事情并没有如他期望的那样,命运没有出现一线转机。微薄的报酬入不敷出,他如一只困兽,在昏暗发霉的车库里等待命运的安排。

有一段时间,他甚至听到了死神的脚步声。他熄了灯,陷入了空虚与无望的黑暗中。周围静得可怕,又似乎吵闹不休,他夜夜失眠,手中的画笔也断然搁下了,没了灵感,没了生机。

更令他心烦的是,每次熄灯后,一只老鼠就吱吱地叫个不停。他想拉开灯赶走那只讨厌的家伙,但疲倦的身心让他干什么都没劲,所以他只好听之任之了。反正是失眠,他就去听老鼠的叫声,他甚至能听到它在自己床边的跳跃声。渐渐地,他听到了一种美妙的音乐,如一个精灵在这个无人知道的午夜与自己默默相伴。

后来,那只小老鼠不只在夜里,白天它偶尔也会大摇大摆地从他的脚下走过。他没吓唬它,它便得意忘形地在不远处做着各种动作,表演着精彩的杂技。小老鼠使他的工作室有了生机。它成了他的朋友,他则成了它的观众,彼此相依为命。小老鼠也心安理得地分享着他的面包。到最后,它竟大胆地爬上他的画板,并在上面有节奏地跳跃,他默默地享受着一种难以言传的情意。

六、迈出关键的第一步

不久，年轻的画家被介绍到好莱坞，去制作一部以动物为主的卡通片。这是他好不容易才得到的机会，他听到了理想的大门"吱"的一声开了一条缝。前途是光明的，道路却是坎坷的，他的作品被一一否决，他再度陷入了举步维艰的境地。

又是一个不眠之夜，他开始怀疑自己真的没有作画的天赋，而且一文不值。

那是一个与平常一样漫漫的长夜，他突然听到一声"吱吱"，那是老鼠的叫声。这一刻，灵感突现，他拉开了灯，支起画架，画出了一只老鼠的轮廓。

有史以来最伟大的动物卡通形象——米老鼠就这样诞生了。

这位年轻画家就是后来蜚声世界的美国人沃尔特·迪斯尼。

原来，灵感只青睐那些愿意倾听的耳朵。如果不是这样，谁会想到，曾经在那间充满汽油味的车库里生活过的老鼠，会成为世界上最负盛名的卡通影片的祖宗；谁又会想到一度迷惘与失败过的迪斯尼会名噪全球！

——把耳朵叫醒，然后，倾听世界。相信，总有一个声音属于成功。

> 创造性过程是可能涉及发现和发明。只要一件事情用新的方法去完成或去思索，就称之为创造性过程。
>
> ——梅斯基

夹着尾巴做人

【李 凯】

人原本是有尾巴的。上帝在创造万物的时候就认为一切都不可能是十全十美的,他告诫所有的生灵应该知道这一点,应该从不断的进化中改善自己。所以他给飞禽走兽这些活动度大的生物——动物,都装上了让它们牢记这一点的标记——尾巴。人也不例外。

后来,上帝观察到,在进化中人最聪明,他们很快学会了生活,也渐渐学会了熟食和遮羞。

他把人找来说:"你们进步得很快,我想把你们的尾巴去掉。""这太突然了,我们会很疼,可能也会不习惯。"人回答。上帝又说:"那好,虽然你们进化得快,但也不要忘了自己的缺点和还有可能出现的缺点,就夹着尾巴做人吧。"人高兴地走了。

过了许久,人觉得拖着尾巴太不好看,就去找上帝割。上帝说:"为了克服缺点去掉尾巴,是好。但不要单为面子。今天可以去掉尾巴,但你们更要想着夹着尾巴做人。"

可是,人去掉尾巴以后,就忘了上帝的嘱咐。他们中的一些人为了自己的利益,开始争吵、打斗、偷窃、欺诈、拉帮结派、贪污腐化,反复地进行战争,侵略别的生灵,破坏生活环境。万物生灵都跑去找上帝,要求上帝给人再装上尾巴。上帝说:"生物进化的年代太久,事情不像过去那么简单,尾巴不好装上去了。""难道就让人胡作非为下去吗?"大家一听都急了。上帝稳稳地说:"不要紧,我已让他们制定了法,你们看,凡是依法治理的地方,人就文明、进步,互有仁爱,勤奋劳动,万物相安。""再要管不住呢?"大家不放心地又问。"那就让他们搬起石头砸自己的脚!"上帝还是那么稳稳地说。

六、迈出关键的第一步

饥饿使他发明了高压锅

【匡恒照】

300多年以前,法国青年医生帕平因故被迫逃往国外。他沿着阿尔卑斯山艰难跋涉,打算去瑞士避难。帕平一路上风餐露宿,渴了找点儿山泉喝,饿了煮点儿土豆吃。

有一天,帕平走到一座山峰附近,他觉得饿了,于是找了一些干树枝,架起篝火,煮起土豆来。水滚开了几次,土豆却依然煮不熟。为了填饱肚子,他无可奈何地把没煮熟的土豆硬吃了下去。这件事留给他的印象深极了。

几年后,帕平的生活有了转机,他来到英国一家科研单位工作,但对阿尔卑斯山上的往事仍记忆犹新。他找来了许多参考书,查算了山的高度。一连串的问题在帕平脑子里翻腾:物理学上的什么定律能够解释这个现象?水的沸点与大气压有什么关系?随后,他又设想:如果用人工的办法让气压加大,水的沸点就不会像在平地上只是摄氏100度,而是会更高些,煮东西所花的时间或许会更少。

可是,怎样才能提高气压呢?

帕平自己动手做了一个密闭容器,他要利用加热的方法,让容器内的水蒸气不断增加,又不会散失,使容器内的气压越来越大,水的沸点也越来越高。可是,当他睁大眼睛盯着加热容器的时候,容器内发出咚咚的声响。帕平吓坏了,只好暂时停止试验。

又过了两年,帕平按自己的新想法绘制了一张密闭锅图纸,请技师帮着制作。另外帕平又在锅体和锅盖之间加了一个橡皮垫,锅盖上方还钻了一个孔,这样一来,就解决了锅边漏气和锅内发声的

假如没有战争

问题。帕平把土豆放入锅内，点火，冒气，10多分钟之后，土豆就煮烂了。然而，他仍不满足，煮鸡行不行？煮排骨行不行？

1681年，帕平造出了世界上的第一个压力锅——当时叫做"帕平锅"。他邀请英国皇家学会的会员们前来参加午餐会，实际上是对压力锅进行"鉴定"。厨师当着众多科学家的面，把九只活蹦乱叫的鸡宰了，塞进压力锅里，然后架到火炉上。那些满腹经纶的专家们一杯茶还没有喝完，一盘盘热气腾腾、香味扑鼻的清蒸鸡，已经摆在他们的餐桌上了。哈哈！鸡肉全烂熟了，鸡骨头也软了。"这是在变魔术吗？"那些老资格的、又爱挑眼的科学家们折服了。从此，帕平和高压锁一起，名扬四方。

打破规则不是孕育创意的必要条件，但确是一条路径。

——罗 杰

六、迈出关键的第一步

感谢饥饿

【王巨成】

现在已经很少有人知道什么是真正的饥饿。

我尝过真正饥饿的滋味,那是在20世纪60年代初,我们的国家正处于天灾人祸造成的困难时期。

饥饿像很有韧性的风,一点点刮起来,逐渐增大,慢慢地将胃的角角落落所存的食物刮走,直至里面空空的,就像一间巨大而空荡荡的屋子,就连一星半点的东西都未遗留下来。腰杆不由自主地弯下来,似乎那一个巨大的空白之处承受不住头和上肢的重压,因而走路时两腿发虚,打晃儿。

在相当长的一段时间里,几乎是每天上午接近放学时,这种饥饿的滋味便如期而至。这时我的心思差不多都集中在一点上——期盼铃声起。我甚至闻到了家里饭菜的香味。

放学的铃声总与我作对,故意拖延时间。所以每次经过电铃旁边时,我对电铃又爱又恨。铃声不响,我也没有听课的心思了。看见窗外青青的树叶,真想拽一把下来,填进肚子里。

那一天,就在铃声将响的前夕,我忽然闻到同座那里传来一股神奇的味道,这种味道仿佛一下子调动了我肚子里千军万马般饥饿的虫子,它们疯狂地跳动着,像要从肚子里挣脱出来,寻着味儿扑过去。

我看见了同座的抽屉里有小半块蛋糕,金黄的,那神奇的味儿就是从那里发出来的,应该是香香甜甜的。我想不看,可我的目光却一次次被它拉过去。在那时候,蛋糕绝对是奢侈品,我长这么大,还从未吃过蛋糕。

下课铃终于响了。同学们争先恐后地跑出教室,回家。一下子,

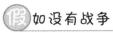

教室只剩下我一个人了。

我向教室四周看看，知道确实没有人了，然后我的手不由自主地慢慢伸向了那块蛋糕。我吞咽着汹涌而来的口水，心里说只尝那么一点点，印证一下对它味道的猜想。手一点点地伸过去，那么艰难，好像经过了一个世纪。在手指终于接近蛋糕时，我的手发抖了，脸上一阵阵地发热。在手指要触到蛋糕的一刹那，我的手像遭到电击似的缩了回来，然后我把手伸进嘴里，咬了咬，有疼的感觉，然后下意识地吮着。

我拿了一本书，把那蛋糕盖上。我不知道我为什么这样做。然后我向教室外面走去。到了教室门口，我又回头看了一眼那个地方——一本书下隐藏着小半块蛋糕的地方。

这一天的中午，家里的粗茶淡饭，使我感到从来没有过的香甜，直吃得我头上冒汗，吃了一碗又一碗。

那一年我只有十岁。这是我第一次抵制诱惑。

那时还有一种饥饿。由于家里人口多，粮食少，父母是不允许我们疯玩的，因为疯玩之后势必增加食量。而对我来说，减少饥饿感的办法只有不玩。于是我还有精神的饥饿。看着别人玩，是一种折磨；枯燥地坐在座位上，也是一种折磨。只有去看课本了，那薄薄的两本书早被我翻烂了，往往老师还没有教，我已经会了。

小人书就是在这种情况下走进了我的生活。那些小人书（也就是连环画）是我从同学那里借来的，有时为了一本小人书，我可以替别人写作业或扫地。对那些小人书，我常常看了一遍又一遍，直到那些画面、文字刻在我的脑海里。

想不到那些小人书竟是我最初的文学启蒙。

我庆幸自己曾拥有的饥饿。物质的饥饿，使我珍惜粗茶淡饭的平常，绝不会为一点点的诱惑丧失做人的基本准则；精神的饥饿，使我爱上了读书，进而成为一个能为孩子写作的人。

告诉你们，没有饥饿，你就不懂得珍惜。

我感谢饥饿。

六、迈出关键的第一步

成功始于一个意念

【周忠文】

我曾听说过一个饶有意味的故事。

一位牧师为了让他吵闹不休的小儿子老老实实呆在客厅里以便腾出时间看点书，顺手从书柜里取出一本旧杂志，撕下了印有一幅世界地图的那一面，再把这面撕成碎片，对儿子说："如果你能拼拢这些碎片，我奖给你5元钱。"

牧师原以为拼拢一幅地图足可以使儿子花费一个上午的时间，但是，不到10分钟，小孩敲开了牧师的书房："爸爸，地图拼好了。"对着吃惊的父亲，小孩不无自豪地说："这很简单，在那面杂志的另一面有一个人的照片，我就把这个人的鼻子、眼睛、嘴巴、耳朵拼到一起，然后把它翻过来。我想，如果这个人是正确的，这个世界也就会是正确的。"

牧师一震：这不是我一直在思索的传道真谛吗？的确，我们所拥有的幸福、财富和快乐，我们所遭遇的贫穷、痛苦和不幸，并不是由于世界的不公和错乱，而在于我们自己，在于我们能否拥有积极的心态，去思考幸福，构思快乐和追求财富。

本世纪初的一天，著名成功学家拿破仑·希尔拜访了美国钢铁大王德鲁·卡内基。卡内基告诉希尔：他的最大财富不是金钱，而是他的人生哲学。他一生的基本哲学就是："人生中任何有价值的东西，都值得为它而劳动。"

卡内基就是凭此从一个贫穷的苏格兰移民的孩子变成了美国最富有的人之一。而希尔在20年间访问美国最负盛名的500位成功人士后又将这一哲学具体化为："一切的成就，一切的财富，都始于一个意念。"

人可以老而益壮，也可以未老先衰，关键不在岁数，而在于创造力的大小。

——卢尔卡尔斯基

一个具有天才的人——具有超人的性格，绝不遵循通常人的思想和途径。

——司汤达

世界上所有美好的事物都是创造力的果实。

——米 尔

七、记忆中那一片竹林

QI JIYIZHONG NAYIPIAN ZHULIN

湖殇 / 素　素

给每一条河每一座山取一个温柔的名字 / 王　芸

我和狼的友谊 / 莫里斯·欧文

记忆中的那一片竹林 / 罗青山

人与地球 / 赵鑫珊

地下森林断想 / 张抗抗

人和鸟 / 刘　林

湖　殇

【素　素】

　　至今仍惦记着玄武湖和大明湖，或许那一点点嘈杂并不影响它们的美丽，但湖就是湖，湖应该是这个世界最安静的地方，它存在的意义，就是让所有在逼仄中窒息、在红尘中受难、在旅途中疲累的灵魂，有一个憩所。

　　不看湖的时候，美人的深眸便是湖。看了湖之后，湖是城市的心。其实，我所居住的城市，只有一个人工湖，在儿童公园的一角，湖面上仅能游开几只白鹅形状的船。冬天湖便结冰，常有小孩滑冰时不小心掉进冰窟，前几年几乎每个冬天都能在报上见到一个两个舍身救儿童的英雄人物，只不过那英雄都没有死，湖浅，能淹了小孩却淹不了大人。后来湖更浅了一些，冰则厚了一些，这类事情就不再发生了。

　　我工作的机关离这个湖很近。春回的时候，我们便在湖边挖黑色的淤泥，挖冬天里四周居民倒的垃圾。一起来的还有学校和部队，要在这里挖一天，挖出的东西有一股腥臭的气味，想不到湖的下面有这样深重的积淀。挖过之后，儿童节就快到了，做妈妈的便想到该带女儿去湖边看柳，偶尔也租一只大鹅在湖上漫游——叫慢游更准确，人太稠了。女儿看动画片看出了一个习惯，骑的坐的都要风驰电掣，漫游了半小时，女儿便有了烦躁的意思，第一次要求提前回家，宁可画画儿弹琴去！

　　湖太小，然而我的生活里毕竟有一个叫做湖的地方。

　　去年有了两次开笔会的机会。先到的南京，南京有玄武湖、莫

七、记忆中那一片竹林

愁湖。有一位诗人朋友坐在莫愁湖畔，居然想念了我。湖是很能令人想起什么的，身外的风景与心内的风景总是遥相呼应的。然而我到南京最急切要见的不是莫愁，而是玄武，因为它大。玄武湖是可以追溯到三国吴的，历朝历代都极善待这湖，并竭力地放大它。今人又胜过古人，新中国给了湖以新的生命，这是必然的。总之，千年的湖依然年轻。所以乍见玄武湖，我竟舍不得快走，生怕一走就走到底。尽管南京的朋友一再说这个湖一天也走不完，我仍像个老人似的蹒跚着东张西望。我开始明白六朝粉黛为什么迷恋南京，因为有玄武湖。我也开始明白在日渐喧闹的城市里面，为什么保留着这一处静谧的所在，因为湖是城市人最后的空间。但是，就在这时，有一种很杂乱的声音送进我的耳里。细一分辨，是儿童乐园的碰碰车。还有一种声音是从那间很别致的公园小屋里传出来的，像野人的号叫，像野兽的厮杀。屋外的牌子上赫然写着：当代原始部落掠影海外版录像，票价×元。当我快快离开那间小屋向公园深处走去时，另一种声音更加鼓噪，不知哪里来的杂技班子用劣质编织布围起了城堡，西游记音乐与猴子的尖叫刺耳地混响，直让我感觉无处可逃。

好在玄武湖大，浩茫的湖水能使那些怪异的声音和灰尘渐渐地被吸收，以至于吞没。我终于找到了一条安静而有意味的小路，一边是千年老树，树冠呈弧形绕过人头，垂进另一边的湖里。我认定了这条浓阴穹起的小路，走过去，再走回来。直到走累了，才坐在树下的长椅上，面向着绰绰约约的湖，呼吸着这里的清宁。突然，背后"砰"的一声枪响，我立刻中弹一般跳起，咫尺之外，竟是一座商业性打靶场。

玄武湖一下子老了，我的玄武湖之游也到此为止。

另一次是去泰山开笔会时路经济南，我执意要去大明湖。我没见过大明湖，但我熟悉一支关于大明湖的歌儿，它的鲜荷和丽水，在我心中永远栩栩生动。而且，我知道济南是万泉之城，那万泉将

假如没有战争

使大明湖永远清澈，永不枯竭。所以走进济南，我的心十分安详，玄武湖的那种伤感已是很淡了。

但是，我在这座以湖命名的公园里未及走进百步，就被与玄武湖十分相似的声浪撞了回来。依旧是碰碰车转转车，微小的巨大的，布满了树下和天空。这儿距海较远，所以新建了大型"迷你鱼宫""海底世界"，貌似文化的商人们拥挤进湖里，以一种极粗糙的方式，强迫观湖的人观海。各种声响的高音喇叭此起彼伏，像走进一个农贸市场，没有立足之地，没有一片阴凉。完全不是第一次来的那份新奇和陌生的心情，倒对一种熟悉的东西滋生出深深的厌恶。我只向那湖面匆匆一瞥，一瞥之间，我便发现湖面也落满灰尘，湖上的天空也涂满了灰尘，包括这座万泉之城，也是灰尘的颜色。

当我诀别似的从大明湖退出，也便想即刻就退出这个城市。但我没有这样告诉我的济南朋友，那天为看湖，他们特意租了辆敞篷三轮脚踏车，为的让我把城市与湖都看个透彻。只怪我读过郦道元的《水经注》，读过刘凤诰的"四面荷花三面柳，一城山色半城湖"，那天我确确实实刚走到湖边就转身往回走了。

曾有一个人想"打捞世界的原稿"。他认为我们当今的世界已失去了"原天""原草木""原水"，如果这种失去积累得太多，"总有一天要在地球上堆积出无法穿透的黑暗"。这就是思想者以及思想者的痛苦吧？我想，当不是一个人而是整个人类都能为此而痛苦时，原来的世界怕已成为废墟了。

只是，至今仍惦记着玄武湖和大明湖，或许那一点点嘈杂并不影响它们的美丽。

但湖就是湖，湖应该是这个世界最安静的地方，它存在的意义，就是让所有在逼仄中窒息、在红尘中受难、在旅途中疲累的灵魂，有一个憩所。

七、记忆中那一片竹林

给每一条河每一座山
取一个温柔的名字

【王 芸】

不慎走失的村庄

土地或许不会消失,村庄会。

读到过关于罗布泊、古楼兰的零星资料。上个世纪初,外国的探险家、考古学家划着木舟进入罗布泊。若干年后,呈现在我们眼前的罗布泊,已是一望无际荒芜的戈壁与荒漠。河流不为人知地消失了,还有传说中人畜兴旺过的村庄。

古楼兰遗址与罗布泊相距不远,远古的河流也曾流经这片土地。至今,古楼兰再难听闻到足音的空寂街巷里,还躺着破碎的陶片。千百年前,它作为一只陶瓮的一部分,被美丽的楼兰女子顶在头上,捧在手中,晃晃悠悠自河边归来,清凌凌的河水漫过陶沿,溅湿过远古的一片阳光。不妨将古楼兰看作一个古老而庞大的"村庄",我们已无法确知它消失的真实情形,就像我们无法确知古楼兰里那些岁月的残余碎片,那些陶片残骸,那些不再完整的羊毛地毯,那些花饰不再清晰如初的木窗棂,它们是自然风化的结果,还是源于动物的破坏,或者人为的损坏。如今,古楼兰的遗址伫立在戈壁之中,像一个远古的多义的谜等待猜解。

多年来,古楼兰这个走失者,在人类的视线之外独自缓慢而寂寞地存在,存在并走向消亡。我们只是在他走向消失的路途中,偶然地与之相遇。当重新进入人类视野时,古楼兰那从岁月深处穿行而来的自然生态,神秘、荒凉,像一个远古的奇迹在我们眼前重现。

假如没有战争

最初的一刻，我们睁大眼睛，说不出一个字来。

一座村庄的走失，何其苍凉。

历史漫漫，地球上神秘消失的村庄不只一座、十座、百座。有一些，尚留有线索让我们寻找。比如一次云南抚仙湖水下探险，确认湖底有一座古城。据说那座水底之城，比岸边一块石碑上提示的、两百年前突然沉入湖底的一座村庄，更为古老。比如在伊朗小城哈马丹，修筑公路时竟意外发现深埋地下的黑克玛塔纳古城，而在它的上面还安睡着波斯帝国时代、亚历山大时代、安息王朝和萨珊王朝时代的诸多文物积存。已经不知道历史的尘埃是怎样将它们一层层掩埋，收存进私人的宝库之中。传说在浩瀚的民间、在历史的册页边上流传了很久，终于被证实。如此可遇不可求的缘分，不免让人生出奇异的遐想，倘若从我们脚底开始，不懈地挖掘下去，我们是否会与不同朝代的村庄相遇。

而许许多多的村庄，消失也就消失了，不再有人知道。也许有一天，它们突然以一种前所未有的神秘生态，一种不可思议的方式，重新出现在我们面前，恍如一贯庄重、肃穆的历史，突然间做出个鬼祟另类的表情，让我们情不自禁地惊诧、惊喜、惊叹。这同样是一个谜。

还有一些村庄，在人的眼皮底下、在人的手中沦为了荒芜。战争的肆虐与逼迫，自然的干旱与贫瘠、天灾与人祸制造的绵绵饥荒、异族的侵压与蹂躏、兄弟间的仇恨与屠杀……这些村庄的怆然走失，渗透着血泪，也就格外令人悲伤。漠漠历史中，有多少村庄因为丑恶的人、人性中丑恶的一隅，化做了回忆中一滴永不干涸的渗血的泪珠？

恐怕没有人可以说清。

被神赐福的植物

我从来不敢轻视植物，尽管它们从不发出声音，也无法行走，

七、记忆中那一片竹林

终生站立在一个地方，保持固有的姿势，我还是深深敬畏于一株植物蕴于沉默中的力量。

在万物中，植物的消失似乎最轻易。任何的外力，风雨雷电，金水火土，乃至一个孩子偶尔起性的恶作剧，一只卑微得不能再卑微的虫豸，都能伤害一株植物，而不必担心追逐不舍的报复。那些古老的大树，身体上布满创痂，像一只只不倦而沉着的眼睛，安详沉穆。几乎没有任何其他的生命，可以怀揣着如此多的创口，同时回报以如此静穆、安宁的眼神。只有植物！

植物的再生，也最频繁。植物的枝叶、花朵、果实向着天空开放；根茎向着土地深处延伸，看不见的力量，朝着肢体内部积聚、灌注，日久弥坚。植物的消长几乎都是周而复始的，绵延不绝。一只蒲公英花盏，借助一阵微风，可以播种数十枚幼芽。在刈除过杂草的地方，不必费心自会长出新的草蔓。一株树干几乎被掏空的杨树，还在绽放点点新芽。一片长不出麦子的土地，会长出葳蕤的高粱、野菊或仙人掌。一棵被雷电劈作两半的树，匍匐倒地的半拉躯干依然会在泥里生根。一棵被拦腰砍伐的树，会允许鸟儿衔来的一粒种子在截面上生根发芽，在自己的残体上凌空长出又一棵树来……并非臆造，它们都是我见过的植物。

一片土地的生机，最先总是由植物营造。一片水域，总是由植物率先来滋养。碱性的土壤，有喜碱的植物去配。酸性的土壤，有喜酸的植物相配。湖泽遍布的水乡，有喜水的植物会栖。干旱板结的土壤，有喜旱的植物落土。季节更替，植物由荣转枯，就会由枯转荣。

植物最悲惨的葬地，恐怕莫过于美丽的花瓶。那是爱美而自私的人类赐予植物的命运。可人类在享受美的形态、贪恋美的香息时，常常忘了没有植物可以在花瓶里自由地呼吸，生长。隐忍的植物，静默着承受了一切加诸自身的命运，无论幸否，——承接下来，再以自己的方式醒转、复活。

一旦将残的花、萎的枝还归于泥土，植物在它消失的地方，就会重现。植物需要的，仅仅是人类的耐心和宽容。

植物的自我修复能力、再生能力远胜于其他物种，那是因为大自然对温仁宽厚的植物种群格外地垂惜，于是赐福。

身披符咒的动物

在人与动物之间，有着许多相似之处。动物颇像被造物施行了某种咒语的人之变种，在符咒的深渊里，卑微地活过一生。

是否因为这般渊源，动物极易与人朝夕相伴形成亲缘。以至一只亲密动物的消失往往牵动人心，悲愤萦怀，久久难散。据说很多终老的动物有预见自己死亡的本能。它会悄悄地离开心息相通的主人，找一个僻静的地方独自迎接死亡。人，一般也能洞见，体恤者不会强行干预，只是悲哀地注视着爱物离去的背影。那是动物与人之间，最后、最深的默契。

这种悄然消失的方式，听起来有种萦绕不去的感伤。在我熟悉的为数不多的动物中，猫便是如此。可就我目力和听力所及的范围，还从没有一只猫，依循此种秉性行为方式选择自己最后的栖地。它们住在高楼之上和铁笼之中，非正常死亡提前到来，或不慎摔下楼去，或不幸误食而死。它们多半死在亲密主人的面前、怀里。我不知道这会不会让一只将死的猫感觉悲哀。

动物的语言，常常是通过眼睛传达给人的。人与动物的直接交流，又常常通过触摸。我们的手，一下一下抚触着狗挺直的脊背、鸟滑洁的羽毛、牛深陷的面颊、猴伶俐的脚爪，便有源源不断的话语，经由温热的手掌进入动物的内心。它们用眼睛回应我们。牛黑漆般的眼睛穿过长长的低垂的睫毛，安静地注视我们。我们会在这双什么也不表达，什么也不加抱怨的黑眼睛里，蓦然迷失自己。狗睁着它清亮的淡褐色眼睛，望着我们。我们的手会在那一刻，变得像母亲抚触婴儿那般柔软。还有一只鸟的眼睛、一只羊的眼睛、一

七、记忆中那一片竹林

头鹿的眼睛……

动物的眼睛于无言中解构了人类的话语，令所有的语言在它们面前黯然失色、哑然失声。在失语中，面对着一双动物的眼睛，我们的心常常在暗地里轻轻地颤抖。

动物与植物一样，顺应天道生生死死，不加抱怨。动物不会像人那样，在辗转反侧、思之再三后，不甘地责问上天，为什么受伤的偏偏是我，为什么害病的偏偏是我，为什么将死的偏偏是我。动物中那些生命最脆弱易折者，往往繁殖能力也最旺盛，像老鼠、蚂蚁、蟑螂等等。原本在造物主那里，只有生命力的强与弱，没有善与恶吧。强与弱，是天定的差异。差异之间万物都有自己的尊严；善与恶，是人为的标准。人是怀揣私欲的复杂物种，习惯以自己的标准量度一切。而在造物主那里，万物平等。弱的，自会给予另一方面的补偿；强的，自会在其他方面适度削弱。

大自然是个平衡的整体。所有的动物只是其中一类生命，生命链上的一环。缺失的，自会有新生的来补充。消失的，还会以其他方式延续。

> 如果你爱上了一朵生长在一颗星星上的花，那么夜间，你看着天空就感到甜蜜愉快，所有的星星上都好像开着花。
>
> ——《小王子》

我和狼的友谊

【莫里斯·欧文】

那年春天我去阿拉斯加淘金。一天早上，我沿着科霍湾寻找矿脉。穿过一片云杉林的时候，我突然停住了脚。前面不超过20步远的一片沼泽里有一匹阿拉斯加大黑狼。它被猎人老乔治的捕兽夹子夹住了。

老乔治上星期心脏病突发，死了。这匹狼碰上我真是运气。但它不知道来人是好意还是歹意，疑惧地向后退着，把兽夹的铁链拽得绷直。我发现这是一只母狼，乳房胀得鼓鼓的。附近一定有一窝嗷嗷待哺的小狼在等着它回去呢。

看样子母狼被夹住的日子不久。小狼可能还活着，而且很可能就在几英里外。但是如果现在就把母狼救出来，弄不好它非把我撕碎了不可。我决定还是先找到它的小狼崽子们。地面上残雪未消，不一会儿我就在沼泽地的边缘发现了一串狼的脚印。

脚印伸进树林约半英里（1英里约合1.6公里），又登上一个山石嶙峋的山坡，最后通到大云杉树下的一个洞穴。洞里悄无声息。小狼警惕性极高，要把它们诱出洞来谈何容易。我模仿母狼召唤幼崽的尖声嗥叫。没有回应。

我又叫了两声。这次，4只瘦小的狼崽探出头来。它们顶多几周大。我伸出手，小狼试探性地舔舔我的手指。饥饿压倒了出于本能的疑惧。我把它们装进背包，由原路返回。

可能是嗅到了小狼的气味，母狼直立起来，发出一声凄厉的长嗥。我打开背包，小家伙们箭也似的朝着母狼飞奔过去。一眨眼的工夫，4只小狼都挤在妈妈的肚子下面吧唧吧唧地吮奶了。

七、记忆中那一片竹林

接下来怎么办？母狼伤得很重，但是每一次我试图接近它，它就从嗓子里发出低沉的威胁的叫声。带着幼崽的母狼变得更有攻击性了。我决定先给它找点吃的。

我朝河湾走去，在满是积雪的河岸上发现一只冻死的鹿。我砍下一条后腿带回去给母狼，小心翼翼地说："好啦，狼妈妈，你的早饭来啦。不过你可别冲我叫。来吧，别紧张。"我把鹿肉扔给它。它嗅了嗅，三口两口把肉吞了下去。

接下来的几天，我在找矿之余继续照顾母狼，争取它的信任，继续喂它鹿肉，对它轻声谈话。我一点一点地接近它，但母狼时刻目不转睛地提防着我。

第五天薄暮时分，我又给它送来了食物。小狼们连蹦带跳地向我跑来。至少它们已经相信我了。但是我对母狼几乎失去了信心。就在这时，我似乎看到它的尾巴轻轻地摆了一摆。

它站着一动不动。我在离它近 8 英尺（1 英尺约合 0.3 米）的地方坐下，心都快跳到嗓子眼儿了。它强壮的颌骨只消一口下去，就能咬断我的胳膊，甚至脖子。我用毯子裹好身体，在冰凉的地上躺下，过了好久才沉沉睡去。

早上我被小狼吃奶的声音吵醒。我轻轻探身过去抚摸它们。母狼僵立不动。接着我伸手去摸母狼受伤的腿。它疼得向后缩，但没有任何威胁的表示。

夹子的钢齿钳住了它两个趾头，创口红肿溃烂。但如果我把它解救出来，它的这只爪子还不至于残废。

"好的，"我说，"我这就把你弄出来。"我双手用力掰开夹子。母狼抽出了腿。它把受伤的爪子悬着，一颠一跛地来回走，发出痛楚的叫声。根据野外生活的经验，我想它这时就要带着小狼离去，消失在林海里了。谁知它却小心翼翼地向我走来。

母狼在我身侧停下，任小狼在它周围撒欢儿地跑来跑去。它开始嗅我的手和胳膊，进而舔我的手指。我惊呆了。眼前这一切推翻了

141

假如没有战争
JIARU MEIYOU ZHANZHENG

我一向听到的关于阿拉斯加狼的所有传闻。然而一切又显得那么自然，那么合情合理。

母狼准备走了。它带领着孩子们一颠一跛地向森林走去，走着走着，又回过头来看我，像是要我与它同行。在好奇心驱使下，我收拾好行李跟上它们。

我们沿着河湾步行几英里，顺山路来到一片高山草甸。在这里我看到了在树丛掩蔽下的狼群。短暂的相互问候之后，狼群爆发出持续的嗥叫，时而低沉，时而凄厉，听着真让人毛骨悚然。

当晚我就地宿营。借着营火和朦胧的月色，我看见狼的影子在黑暗中晃动，时隐时现，眼睛还闪着绿莹莹的光。我已经不怕了。我知道它们只是出于好奇。我也是。

第二天天一透亮我就起来。母狼看着我打点行装，又目送我走出草甸。直到走出很远，母狼和它的孩子们还在原地望着我。不知怎的，我居然向它们挥了挥手。母狼引颈长啸，声音在凛冽的风中回荡，久久不绝。

4年后，我在二战中服完兵役，于1945年秋天又回到了科霍湾，无意间我发现了我挂在树枝上的那只兽夹。夹子已是锈迹斑斑。我不禁再次登上那座山，来到当年最后一次见到母狼的地方。站在高耸的岩石上，我发出狼一样的长嗥。

余音在山谷间回响。我又叫了一声。回音再次响起，这一次却有一声狼嗥紧随其后。远远地，我看见一道黑影朝这边缓缓走来。那是一匹阿拉斯加大黑狼。一阵激动传遍我的全身。时隔4年，我还是一眼认出了那熟悉的身影。"你好，狼妈妈。"我柔声说道。母狼挨近了一些，双耳竖立，全身肌肉紧绷。它在离我几码（1码约合0.9米）远的地方停下，蓬松的大尾巴轻轻地摆了一摆。

须臾，母狼已经不见了。我再没见过它。但它留给我的印象却始终那么清晰，怪异而又挥之不去，让我相信自然界中总有一些超出常理的东西存在。

七、记忆中那一片竹林

记忆中的那一片竹林

【罗青山】

记忆中有一片竹林——确切地说,那不是"一片",是"一带","一衣带水"的"带","玉带"的"带"。只可惜汉语中它通常不作带状物体的量词使用。

在我居住的小城,有一条小河汩汩流淌,蜿蜒穿城而过。大堤内侧的护堤上,就生长着丛丛翠竹。我对自然的认识向来混沌,在竹子的庞大家族中只认识寥寥数种,故道不出这种竹子的学名,只知道它的土名叫"黄竹"。如果说高大挺拔的毛竹是竹家族中的伟丈夫,那么,它就是其中个头适中、身材匀称的秀美女子了。它高约七八米,直径约杯口粗,节疏干直,刚中带柔,枝叶葳蕤嫩绿,成簇成丛地生长。新老竹子错落有致地交织在一起,一丛竹子俨然就是一个亲密无间的小家庭。这一个个"小家庭"挤挤挨挨,组成了绵延十几里的竹林;小河顺溜,它也顺溜;小河弯曲,它也弯曲,宛如一条系在小城身上的绿色腰带。我无法考证这片竹林的历史,但却可以断定它乃人工所种植。因为这种竹子韧性强,削成篾片,可用来编织竹篮、箩筐、畚箕等竹器用具。在当时的经济条件下,是一条蛮不错的生财门路。此外,它还是河堤的守护神。每当汛期到来,洪水肆虐,它们就像一排排排列整齐的忠诚卫士,用身体挡住洪水的轮番袭击,护住了大堤。总之,它集观赏和实用价值于一身,令我不能不对种植者的奇思妙想击节赞叹。

看惯了钢筋水泥构筑的"石林",听惯了市声的喧嚣,吸惯了尘埃和汽油废气,忍受惯了办公室和居室的狭小空间的憋闷的城市人

假如没有战争

把这片竹林当作放牧心灵、松弛神经、亲近自然、呼吸新鲜空气、倾听天籁的"稻香村"。每到傍晚,人们便陆续来到竹林边的河堤上漫步。堤上绿草如茵,堤下翠竹婆娑,满眼的绿,竟绿得醉人。劳作了一天的太阳仿佛也受到了感染,产生了妒意,慷慨地把它那火轮熔化为金水,涂抹到竹林上,浇灌到小河里。于是,长堤、竹林、夕阳、流水、人群便构成了一幅色彩斑斓、静中有动的油画。这时,被眼前景色迷醉的双双对对的恋人,便相携相挽,步下河堤,没入竹林中。河堤上漫步的人们,霎时喁喁之声不绝于耳,分不清究竟是竹子在微风中浅唱,还是小鸟在竹梢头呢喃,抑或是恋人们在绵绵情话……

竹林给小城的人们带来盎然的情趣,小城的人们也像对待自己的亲女儿那样对它精心呵护。竹林从来没有人看守,也没有人在此立过禁伐告示牌,但我从未发现过有人偷砍竹子。那么多的情侣把竹林当作幽会的好去处,但那里却从来没有出现过公共园林所普遍存在的"白色污染"现象。说来至今仍觉得自豪,我这样的升斗小民也曾有过一次护林"壮举"。一次,一位颇有雅兴的文友邀我去竹林寻幽探趣。我俩正徜徉于竹林间,猛听得一阵"毕毕剥剥"的草木燃烧的响声,抬眼一看,不远处的竹林间冒出阵阵黑烟。我俩警觉地快步跑过去,果然发现竹林下的荆棘丛中燃起了火。估计是游人不小心丢下的烟蒂引起的。火势不小,正借助风势,向四处蔓延。我俩迅速折下一枝竹枝扑打,费了九牛二虎之力,弄得满头汗污,总算把火扑灭。为防止死灰复燃,我俩又去远处搬来了不少土块,将灰烬覆盖、填平,方才抹着汗渍,欣慰地离去。说实在话,要不是我俩及时扑救,那火就有可能燃烧成漫天大火,那一片翠绿的竹林就有可能化为灰烬。

岂料,大火未能毁灭的竹林,没多久便被人为毁灭了。突然有那么一天,宁静的竹林机声隆隆,人声鼎沸,浓烟四起。一部部推土机张开巨型的嘴巴,横冲直撞。顷刻间,丛丛翠竹便横七竖八地

七、记忆中那一片竹林

倒在地上。城市建设的进程着实令人惊异。又没过多久,一条高标准的石砌的长堤兼大道,便巍然屹立在昔日的土堤和竹林之上:靠近河的一端是人行道,道路用青花岗岩石铺就,沿河的杆用大理石构筑,每隔数米便装有一盏考究的宫灯式的路灯,透出古朴而典雅的韵味。人行道与车道的隔离带,种有美人蕉和高大挺拔的槟榔树。入冬,那一溜儿美人蕉齐刷刷地开放,红得如霞似火。道路的另一侧建有小公园,园内花木葱茏,嫩草青青,亭台楼阁点缀其间。入夜,或红或绿的条形装饰灯勾勒出了亭台的轮廓,把它们装点得金碧辉煌。沿河的灯火倒映在水中,如一条条金链垂挂,闪闪烁烁。这里,又成了小城的一道靓丽景致。小城的人们傍晚照样在长堤漫步,就连外地的游客,也把长堤夜游当作旅游的"必修课",以观赏一河两岸华灯齐放的艳丽夜景。

然而,不知怎的,尽管我也知道城市的现代化进程不以人的意志而转移,但我那大脑的记忆软盘中却始终固执地存留着那一片竹林的记忆。我想,这是一种关于绿的记忆,关于生命原色的记忆,关于自然的记忆,关于乡野的记忆,它刻骨铭心,历久弥深,无论什么现代浪潮,都冲刷不掉。

为了让你相信／我们真的可以拥有／一座地球花园／请原谅／我不许你摘花／难道你不能／想象自己是一朵花／是一朵花而能够／夜夜在月光的哄抱中／睡去,小梦柔浅／这不是很好么

——陈斐雯《地球花园》

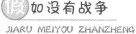

人与地球

【赵鑫珊】

我看过无数摄影作品。最使我震撼的却是1969年美国宇航员站在月球上拍摄到地球缓缓升起来的情景。她显得很大，呈蓝色，像个美丽的玻璃球，但很脆弱，容易被打碎。

我久久地看着那球，觉得美丽中透露出淡淡的忧郁。哦，那生我们、养我们的故乡，人类文明之旅的大舞台！

人与地球的关系是我们说得完的吗？

有说得尽的老子、孔子和李白，也有说得尽的莎士比亚、康德和歌德，但人与地球的关系却是讲不完的！

不过谁要谈论这种关系，务必先要讲讲人与太阳的关系。事实上，人类文明是太阳照耀下的文明。日月无私照。自地球上有人类后好几百万年以来，太阳一直就这样天天不慌不忙地起落，老是按一个固定的节奏，给地球以巨大的能量（光和热）、巨大的动力。如果说，地球是人类的母亲，那么，太阳就是地球的母亲。"太阳常数"是个至关重要的值。它的定义是：在地球大气外距离太阳一个天文单位的地方，垂直于太阳光束方向的一平方厘米的面积上在一分钟内接收到的所有波长的太阳总辐射能量。据测量，太阳常数值是1.96卡。

该常数增加或减少对我们都是灾难性的，其后果便是地球炎热难熬或进入冰河期——这便是我所说的"太阳咳嗽一声"的含义。

再就是地球上一切绿色植物的光合作用同人类的关系。该作用是地球上一切生命（包括人、野羚羊、禽鸟和原野上的小草）赖以

七、记忆中那一片竹林

生存的唯一基础。绿色植物利用太阳光的光能将水和二氧化碳等无机物合成为有机营养物（即碳水化合物），并释放出氧——这便是光合作用。

这是地球上最最重要的化学反应。

它才是人类文明之旅的第一前提，也是一切动植物生存之旅的第一前提。

光合作用是上帝大自然或大自然上帝在他的中世纪古城堡地下密室玩的魔术，当然也是他的专利。不过科学家们正在向该专利挑战。他们正在努力揭开绿色植物转换太阳能的神秘机制，探索光合作用的动力学，为的是大幅度提高转换率，使粮食增产。在这里，我想讲一段我个人的往事。

1970年我在辽西放羊。小宋是西村的羊倌。当我们两个牧羊人碰在一起，他会对我说：

"老赵哇，替我看一下羊，我去打点柴。虽然锅里有了，锅下面没有也不中！"

现在我把我这段个人经历努力提升到人类文明普遍世界的意义。其实，中国农村最迫切需要两样东西：

锅里面的——粮食；锅下面的——燃料。

广而言之，这也是21世纪人类文明之旅所面临的两个时代课题：世界粮食问题；世界能源问题。

这都涉及绿色植物的光合作用。其实，煤也是该作用的产物。煤是上亿年前光合作用后的浓缩太阳能。

许多年来，我有在荒原或林中小道散步的习惯。我尤其偏爱踩着深秋一大片落叶缓缓地走着。有时候，我会突然停住脚步，低头望着枯黄的叶，内心的独白是：

"你飘零了，为的是给来年新的嫩芽腾出位置，让出生存空间，继续你那神圣、崇高、无私的光合作用，养活地球上60亿人口。谢谢了！"

人与地球的关系必须是感恩的关系。注意，是必须，不是应该。"必须"和"应该"有本质区别。"应该"仅仅是道义上的。"必须"带有一种铁的自然规律的逻辑和必然性。

一旦这种感恩关系普遍确立了，人类便宣告成熟了一半。又如果人与人、民族与民族、国与国的关系不再是仇恨，而是互助、友爱，那么，人类的另一半也成熟了。

这两个成熟，正是 21 世纪两个最大的课题。它们都不是科学技术问题，而属于人文精神的范畴。

夜深人静，我常想起那件摄影作品。那个美丽的、容易被打碎的玻璃球，带着一丝忧郁，期待着人的呵护，缓缓地、静悄悄地升起来，周而复始，春夏秋冬……

人类什么时候能够成熟呢？这一半加上另一半。

地球上唯一伟大的是人，人身上唯一伟大的是心灵。

——哈密尔顿

七、记忆中那一片竹林

地下森林断想

【张抗抗】

森林是雄伟壮丽的，遮天蔽日，浩瀚无垠。风来似一片绿色的海，夜静如一堵坚固的墙。那就是森林，地球尚未造就人类，却已经造就了它，植物世界骄傲的代表。

可是你，却为什么长在这里？长在这阴森森、黑黝黝的幽深的峡谷。我寻找你，爬上了高高的山岭，穿过了长长的石洞。袅袅烟云在我身边飘浮，而你那充满生机的树梢，却刚够得着我的脚尖，不及山坡上小草儿高。你似乎深不见底，宽不可测，没有人见过你的全貌。虽然你拥有珍贵的树木，这大自然无价的财富，然而你沉默寡言、与世无争——多么不公平啊，你这个世上罕见的地下森林。你从哪里飞来？你究竟遭受了什么不幸，以致使你沉入这黑暗的深渊，熬过了那么漫长的岁月？

那一定是遥远的年代了。那时候这里也许是一片芬芳的草地，也许是肥美的湖沼，美丽的大自然，万物鼎盛。可是突然一次巨大的火山爆发，瞬息间改变了一切。狂风呼啸，气浪灼人，沙石飞腾，岩浆横溢，霎时天昏地暗，山崩地裂，好像到了世界的末日……

人们不知道地球为什么要发那么大的脾气。或许仅仅是因为它喜欢运动。啃，听苍郁的巨木在风暴中咔咔折断，见地心的"热血"喷射上天，气势之宏伟壮观，连太阳都要肃然起敬。

然而它终于息怒了，于是一切都平静下来。平静了，草地变成了明镜似的湖，昔日的湖底成了奇形怪状的石山，它把岩石熔化成沙砾，把峻岭劈成深渊；一切都改变了：烧焦的石头取代了绿色的森

假如没有战争

林,黑色的岩浆覆盖了娇艳的野花。多么宁静的世界哟,万籁俱寂,没有百鸟啾啾,没有树叶沙沙……

就像那一切火山爆发后留下的痕迹一样,在这里,黑龙江省宁安县境内距镜泊湖180公里的山林里,早已沉寂的火山留下了七个不规则的深坑,四面均为悬崖,险岩峭立,怪石嶙峋。深处百十米,浅处少说也有三四十米,谷底开阔,散落着万年前山摇地动时崩塌下来的巨石。

火山制造了峡谷、深渊,却没有留下生命。山是光秃秃的,谷是光秃秃的,太阳依然高悬,可是山没有颜色,谷没有颜色……

多少年过去了,风儿把山顶上岩石的表层化作了泥土,瘠薄而细密;它又不辞辛苦地从远处茂密树林里捎来种子,让雨水把它们唤醒。坡上青翠的小苗讨得阳光喜欢了,便慷慨地抚爱它们。于是,灰黑的火山石变绿了,悬崖上,山岭间,一片郁郁葱葱,鸟儿也回来,为的是歌唱生命。

然而那幽暗的峡谷,却依然如故。黑黝黝、光秃秃、阴森森、静悄悄。樵夫听得见泉水在谷底的石洞里激起的滴答回声;猎人追踪狼嗥虎啸。至此,除了厚厚的青苔外什么也没有。几千年过去了,大自然的生命无处不在,峡谷却没有资格得到哪怕一株小草……

也许鸟儿掠过山崖,衔叼的草茎曾在这里落下过草籽儿,但是草籽儿没有发芽;也许山泉流过谷底,携带过几粒花种,但是小花儿没有长大。都说阳光是公平的,在这里却不、不!它沉湎于高山大川平野对它的欢呼致意,却从来没有走到这深深的峡谷的底部来过。它吝啬地在崖口徘徊,装模作样地点头。它从没有留意过这陷落的大坑,而早已将它遗忘了。即使夏日的正午偶有几束光线由于好奇而向谷底窥测,也是睥睨着眼睛,没有几丝暖意。

阳光不喜欢峡谷,峡谷莫非不知道?

阳光是公平的么?峡谷莫非不明白?

不幸的峡谷,它本可以变成一串明珠也似的小湖,像德都县的

七、记忆中那一片竹林

高山堰塞湖"五大连池"那样,轻而易举就可赢得人们的赞美。可是它却不。它悄然无声地躺在这断壁底下,并不急于到世上去炫耀自己,它隐姓埋名,安于这荒僻的大山之间,总好像在期待着什么,希望着什么。它究竟在期待和希望着什么呢?

长空的大风经过这里,停下了脚步。不等探询,便很快理解了它。它把坑口的石块碾成粉末,一点一点地撒落到峡谷的石缝里去。

洁净的山泉日日与它相伴,也终于明白了它。它从石洞里流出来,又一滴一滴渗进石缝里去,把石块碾成的粉末变成了泥土。

山顶的鱼鳞松时时顾盼着它。虽然相对无言,却是心心相通。它敬仰峡谷深沉的品格,钦佩峡谷坚忍的毅力,它为阳光的偏爱愤懑,为深渊的遭遇不平。秋天,它结下了沉甸甸的种子,便毅然跳进了峡谷的怀抱,献身于那没有阳光的"地下"。也许为它所感召,纯洁的白桦、挺拔的青杨、秀美的黄菠萝,它们勇敢的种子,都来了,来了。一粒、几十粒、几百粒。不是出于怜悯,而是为了试一试大自然的生命力究竟有多强……

几千年过去了,几万年过去了。

孱弱的小苗曾在寒冷霜冻中死去,但总有强者活下来了,长起来了,从没有阳光的深坑里长起来。

几千年过去了,几万年过去了,进入了人类的文明时代。终于有一天,人们在昔日的死火山口发现了一个奇迹,一个生命史上的奇迹——幽暗的峡谷里竟然柞木苍郁,松树成林。整整齐齐、密密麻麻地耸立着一片蔚为壮观的森林。只因为它集于井底一般的深谷之中,而又黑森森不见阳光,有人便为它起了一个恰如其分的名字,叫做地下森林。

如果它早已变成漂亮的小湖,奇丽的深潭,也许早就免除了这"地下"的一切艰辛。但是它不愿意。它懂得阳光虽然嫌弃它,时间却是公正的,为此它宁可付出几万年的代价。它在黑暗中苦苦挣扎向上,爱生命竟爱得那样热烈真挚。尽管阳光一千次对它背过脸去,

 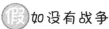

假如没有战争

JIARU MEIYOU ZHANZHENG

它却终于把粗壮的双臂伸向了光明的天顶，得到了自己期待和希望已久的荣光——那不是人们的赞美，而是它无私地奉献给人们的伟岸的成材、坚硬、挺直，决无半分媚骨。

我为寻你爬上了高高的岭，原只是因为好奇，却想不到你如此强烈地震动了我的心怀。我不愿离去了。我望见涧底闪烁的泉水，我明白那是你含泪的微笑。

秋日的艳阳在森林的树梢上欢乐地跳跃，把林子里墨绿的松、金色的唐棋、橘黄的杨、火红的枫，打扮得五彩缤纷。瞧！阳光现在多么喜爱它们，好像它从来就是这么慷慨。

风儿从我脚下的林子里钻出来，送来林涛愉悦而又深沉的低吟。你的歌是唱给曾在困难中真诚地帮助过你的伙伴们听的吗？它们如今都到哪儿去了呢……

干枯的小草儿在我脚下发出簌簌的响声，似乎在提醒我注意它。它确实比你这地下森林要高出好几分呢，这得意的小草儿。然而我却想攀着古藤爬下去，爬到深深的谷底去。那儿的树木虽然远不如山上的小草高，但它却可以自豪地宣布：我是森林！

啊，我听见了，听见了那莽莽群峰和高高天庭上震荡的回声：我是森林！

大自然每一次剧烈的运动，总要破坏和毁灭一些什么，但也总有一些顽强的生命，不会屈服，绝不屈服啊！地下森林，我们古老的地球生命中新崛起的骄子，谢谢你的启迪。

我景仰那些曾在黑暗中追寻光明的地下的"种子"。愿你们创造更多的奇迹！

七、记忆中那一片竹林

人 和 鸟

【刘 林】

　　在现代人创造出的文明面前,鸟正逐渐失去自己心爱的家园。人类文明的标尺上升得越高,鸟在灾难中就陷入得越深。日益萎缩恶劣的生存环境,使鸟无处藏身。在狂妄自大的人面前,鸟又能藏到哪里去呢?面对人伸向它们的黑手,鸟从未像今天这样如此窘迫不安地面对灾难深重的生存压力和危机。它们曾经自由坚强的生命在以人为中心的世界中却脆弱得不堪一击。

　　回首昨天,人还在无比羡慕中盯着天空上展翅飞翔的飞鸟做着飞天梦,有的在身上绑上一对大翅膀去尝试着飞天呢!可历史仅翻过了一页,人就觉得自己是这个世界的主宰者,公然藐视其他的生命。他们不惜一切地毁灭着自然,而身为自然之子的鸟又怎能逃脱人的伤害?

　　在贪婪的物欲驱赶下,在人性的自私面前,一些飞鸟被捕进笼子里,成为逗人开心的玩物。另一些飞鸟则永远告别了鲜活的生命,制作成盘中餐,成为人的腹中之物。多少伟大的生命都被人残忍地吞噬掉了呵!少数幸存的飞鸟只能龟缩在深山老林里,惶惶不可终日。也许某一天,遇难同胞们的厄运会无声无息地降临在它们身上。

　　在人的世界里,方圆数百里的地方,再也见不到一只飞鸟的踪迹,听不到一声欢快的鸟鸣声。"飞鸟相与还"、"处处闻啼鸟"的壮观美好的场面早已被人抛弃了,现代人对所有美好事物的处理方式无不与此类同。人日益成为心灵和面孔都麻木不仁的群体,在毁灭其他生命的同时也正毁灭自己。这是目前有识之士发出的警告。

假如没有战争

但是妄自尊大的人再也听不进这铮铮良言,至今置若罔闻,继续毁灭着自然和其他的生命。

早在一千多年前,晋人陶渊明就在《桃花源记》中为世人描绘了一处天地人和的人间仙境:鸟语花香,鸡犬相闻,所有的生命不分贵贱,和平共处,互不相残。世外桃源成了人间一个理想的世界。

在西方的《旧约·创世纪》中,因人的罪恶越来越大,终日所思所想皆为恶,都在地上败坏了行为,耶和华决定发一场洪水消灭人,唯独对义人诺亚开了天恩,允许他建造一只方舟,带着一家及一公一母各类飞禽走兽进入方舟避难。有了方舟的庇护,人类和其他生命才得以存活,生生不息地繁衍下来。

灾难来临的鸟类,多么需要一处世外桃源,为它们提供生息和繁衍的理想王国,同样更需要一只诺亚方舟帮助它们渡过这场史无前例的浩劫。

而鸟的世外桃源和诺亚方舟又在哪里呢?

鸟的归宿不应在笼子里。人发明鸟笼后,成千上万只鸟被捕进去,囚禁了一生,例如,我们在动物园里见到的珍禽,还有更多被都市人饲养的笼中鸟。

人在动物园里饲养珍禽,怀着一番好心来拯救它们,改变它们濒临灭绝的危险处境。可人的好心却办了坏事。人根本不知道自己的行为是在伤害它们,加快了它们灭绝的速度。不但扼杀了这些珍禽的天性,还使它们日渐远离生命的真实。千百年来,人饲养的家禽又怎能与天上的飞鸟相提并论呢!人一日不停止对鸟的捕杀,饲养珍禽的美好愿望终究要破灭的。

都市人饲养笼中鸟,是希望它们成为人的宠物,愉悦人的身心。当地球成为一个小小的村落时,人与人之间反而越来越缺乏真正意义上的交流沟通,人们互相漠视,制造着孤独和无聊。人这时更需要鸟和宠物来慰藉陪伴自己。可是这些笼中鸟的命运会怎样呢?一位专家曾不无忧虑地告诫人们:被人饲养的百灵鸟到了下一代时就

七、记忆中那一片竹林

失去婉转的歌喉,很多笼中鸟的下一代同样面临着变成一只只哑巴鸟的残酷现实。它们再也发不出声音,人恐怕听不到那悦耳动听的鸟语。更让人忧心忡忡的是它们经过一代代的驯养,只会呆在笼子里,再也飞不上天空,变成名副其实的笼中鸟。

人已经酿造了太多的苦酒,制造了许多可怕的悲剧。人在苦酒中变得麻木了,在悲剧中已经走得很远了。

现在,该是人类清醒的时候了。

鸟的归宿更不应该在人的餐桌上。许多的鸟前仆后继,惨遭着毒手,无辜的生命被制作成一道道鲜美可口的食物,然后标上不菲的价钱,被人大口地裹入腹中。越是珍稀的鸟类,它们的标价就越高,自然成了权势和金钱的象征。人在这些无辜的生命面前,彻底忘记了自己也不过是一种动物,和鸟同是自然之子。

任何一个人一旦离开人群就无法生存发展下去,而人类也同样无法离开自然中的其他生命。人类企图独占大自然,去毁灭自然中的其他生命其实正是对自身生命的一种自残行为。

人毁灭着自然中的鸟及其他的生命,掘下的却是埋葬自己的坟墓。

人抛弃了自然,也就抛弃了自己。

人唯一的选择就是与鸟为友,善待其他的生命,共存之。

百鸟朝凤在中国大地上是家喻户晓的神话故事,也是美及和谐的化身与象征。妇孺皆知的精卫填海的故事,被赋予了坚强意志的象征……

许许多多关于鸟的神话,揭示了几千年来人与鸟之间和平共处,才能生生不息的哲理。

今人早已忘却了华夏哲学中天人合一的生存观,抛弃了先哲们赋予鸟的神圣与崇拜。

我出生于一个偏僻的小山村。自我记事时起,人们一直恪守着一条不知哪朝哪代传下来的祖训:世代不许伤害鸟。并且认为许多

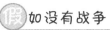

的鸟都是鬼神的化身，对鸟敬若神灵。小村里山清水秀，风和日丽。人与鸟和平共处，相得益彰，共同繁衍生息。

在村子里，鸟是不怕人的，将人视为同类。有时鸟落在人的肩上，对着人说话。人也跟鸟说着话。有时鸟还会在人肩上撒上一泡屎，而人最多会亲切地笑骂几句。

离开家乡后，置身于都市里，我无数次想起人与鸟亲密相处的情景。当然，我在心中也不止一次地嘲笑过村人们的落后与愚昧。鸟根本不是什么鬼神的化身，不过是自然中一种普通的动物与生命罢了。

不久前，我抽空回到了阔别十几年的故乡。像是猛然回到别人陌生的村庄中，我惊骇地发现村子彻底地改变了模样。树被伐光了，绿地被破坏了，鸟也不见了。记忆中小鸟与人相亲的场面早已不复存在。小山村里什么都被拿去出卖换成钱。树被卖了；绿地上的野菜被挖起来卖了；天空中的鸟被卖了。一只死鸟能卖1到5元不等，一只活鸟则卖5到50元不等。村里年轻人不听老人的劝告，纷纷抛下农活，改行干上打鸟的活。听他们说，最初一天打鸟赚的钱反而比种一季庄稼要多。现在鸟少了，打鸟再也赚不了钱。

我的心在滴血，不肖的后人们，抛弃了先人的祖训，不再对鸟敬若神灵，残忍地毁灭着它们无辜的生命。如今在这个小山村，能卖上价钱的都被他们拿去卖光了。

昨天，我还在嘲笑着村人们的愚昧，可今天我才彻底明白了先人们的良苦用心。人一旦远离了对鸟的敬畏之心，就会滥杀无辜。鸟的末日真正来临。

村里的鸟不见了。

很多美好的生命都不见了。

人类应当永远敬畏鸟，敬畏自然中的一切生命，并把它们奉若神明。

八、阳光，是一种语言

BA YANGGUANG SHI YIZHONG YUYAN

槐花 / 季羡林

自然与色彩 / 东山魁夷

树 / 黑塞

染绿的声音 / 徐　迅

阳光，是一种语言 / 雷抒雁

秋天二章

　　　秋阳 / 徐志摩

　　　秋颂 / 罗　兰

我在 / 张晓风

河流的秘密 / 苏　童

寻春 / 韩少华

槐　花

【季羡林】

自从移家朗润园，每年在春夏之交的时候，我一出门向西走，总是清香飘拂，溢满鼻官。抬眼一看，在流满了绿水的荷塘岸边，在高高低低的土山上面，就能看到成片的洋槐，满树繁花，闪着银光；花朵缀满高树枝头，开上去，开上去，一直开到高空，让我立刻想到新疆天池上看到的白皑皑的万古雪峰。这种槐树在北方是非常习见的树种。我虽然也陶醉于氤氲的香气中，但却从来没有认真注意过这种花树——惯了。

有一年，也是在这样春夏之交的时候，我陪一位印度朋友参观北大校园。走到槐树下，他猛然用鼻子吸了吸气，抬头看了看，眼睛瞪得又大又圆。我从前曾看到一幅印度人画的人像，为了夸大印度人眼睛之大，他把眼睛画得扩张到脸庞的外面。这一回我真的仿佛看到这一位印度朋友瞪大了的眼睛扩张到了面孔以外来了。

"真好看呀！这真是奇迹！"

"什么奇迹呀！"

"你们这样的花树。"

"这有什么了不起呢？我们这里多得很。"

"多得很就不了不起了吗？"

我无言以对，看来辩论下去已经毫无意义了。可是他的话却对我起了作用：我认真注意槐花了。我仿佛第一次见到它，非常陌生，又似曾相识。我在它身上发现了许多新的以前从来没有发现的东西。

在沉思之余，我忽然想到，自己在印度也曾有过类似的情景。我

八、阳光，是一种语言

在海德拉巴看到耸入云天的木棉树时，也曾大为惊诧。碗口大的红花挂满枝头，殷红如朝阳，灿烂似晚霞，我不禁大为赞叹：

"真好看呀！简直神奇极了！"

"什么神奇？"

"这木棉花。"

"这有什么神奇呢？我们这里到处都有。"

陪伴我们的印度朋友满脸迷惑不解的神气。我的眼睛瞪得多大，我自己看不到。现在到了中国，在洋槐树下，轮到印度朋友（当然不是同一个人）瞪大眼睛了。

在我们的日常生活中，我们都有这样一个经验：越是看惯了的东西，便越是习焉不察，美丑都难看出。这种现象在心理学上是容易解释的：一定要同客观存在的东西保持一定的距离，才能客观地去观察。难道我们就不能有意识地去改变这种习惯吗？难道我们就不能永远用新的眼光去看待一切事物吗？

我想自己先试一试看，果然有了神奇的效果。我现在再走过荷塘看到槐花，努力在自己的心中制造出第一次见到的幻想，我不再熟视无睹，而是尽情地欣赏。槐花也仿佛是得到了知己，大大小小、高高低低的洋槐，似乎在喃喃自语，又对我讲话。周围的山石树木，仿佛一下子活了起来，一片生机，融融氤氲。荷塘里的绿水仿佛更绿了；槐树上的白花仿佛更白了；人家篱笆里开的红花仿佛更红了。风吹，鸟鸣，都洋溢着无限生气。一切眼前的东西联在一起，汇成了宇宙的大欢畅。

自然与色彩

【东山魁夷】

现在,我正攀登山巅之路。

鸟瞰山下,山谷深邃,溪流蜿蜒,时而流经浅滩,时而流向深渊。覆盖着陡峭山坡的阔叶树悠悠地绿。风儿卷袭而来,发白的叶背被刮得翻了过来。默默地耸立着的针叶树,呈现一片浓浓的绿韵。

忽然,可以听到一阵流水声,可以看见悬挂着的一道又细又白的瀑布。鸟儿啁啾鸣啭。近处的茂林中,黄莺飞舞。对面山上,布谷鸟唱起了悠闲的歌。杜鹃不时发出尖锐的啼鸣,响彻了山间。

现在,我正攀登山巅之路。

雨停了,雾霭腾腾升起。山峦呈现一派深蓝色的暗色调。远处一片朦胧。

雾霭笼罩着山谷,飘飘忽忽地掠过山峰,形成一幅扑朔迷离的景象。近景的树林繁枝伸展,错落有致。看着看着,一切都沉没在空漠的"无"之中,恍如单色水墨画,梦幻与神秘是多么的协调。

突然,山巅在意想不到的空间,轮廓分明地浮现出一片绿。

现在,我正攀登山巅之路。

鸡爪枫的红色、白桦树的黄色、水枹树的茶色、山毛榉的金茶色、七度灶树的深红色,汇聚在一起。群山披上了绚丽的红装,又处处可见常青树的绿姿。山谷里荡漾着紫色的影。

相互辉映的色彩是那样的鲜艳,那样的丰富。冬天到来之前,

八、阳光，是一种语言

树林燃烧起全部的生命力，将群山尽染，一片红彤彤。

夕阳西下。转眼间，竞相斗妍的华丽色调，相互配合得非常协调。明暗的对立变得柔和了。各种颜色独具妙处，令人感到是那样的深沉。此刻，是一种等待冬天所持的达观的姿态，是一派寂静的景色。

现在，我正攀登山巅之路。

洁白一色的世界底层，溪流变成一条黑色的细带蜿蜒而过。林木交错的枝丫承受着雪花，奏出纤细的旋律。被白雪压得弯垂的针叶树，不时地颤动着身子，把洁白的雪花抖落下来，恍如一片烟云。

雪花还在纷纷扬扬。无声无息地越下越大。透过从空中洒下的月光，只见不计其数的灰色的雪片漫天飞舞，袭将过来，像是对我威胁，又像是对我警告。山峦和峡谷都落入静寂而深沉的酣睡中。

现在，我正攀登山巅之路。

金、银、黄、绿、淡绿、红……树木吐露的新芽，一齐爽朗地歌唱起早晨的苏醒。有的向上挺立，有的朝下绽开，小小的嫩芽是那样的多彩、那样的纷繁。

小鸟啼鸣，祝福新生的喜悦。不知从哪儿传来了小啄木鸟敲啄树干的声音。对面山上白花花地摇曳着什么，大概是辛夷花吧。

树

【黑 塞】

　　树对于我向来是最有说服力的讲道者。我仰慕它们,当它们群聚或族居,长在小树丛里或大森林里。但是当它们孤零零站着时,我就更仰慕有加。它们不同于那些隐居者,往往是出于自身的某些心病而遁迹,而是更像一些落拓不群的伟人,就像贝多芬或尼采那样。整个世界在它们的梢头窃窃私语,而它们的根则伸入无穷的深处;不过它们并不迷失其中,而是全心全力只为达到一个目标而奋进:满足寓于它们之中的规律,赢得自己的面貌,并且把自己表现出来,再没有比一棵美丽而强壮的树更神圣、更令人称羡的了。当一棵树被锯了,露出了它赤裸裸的致命的伤痕,人们就可以从它们墓碑似的树干上藉那些清晰的轮圈读到它一生的历史:在年轮和瘢疖里忠实地记载着全部的战斗、全部的苦难、全部的病痛、全部的好运和繁茂,也标出了凶年和丰年、克服了的打击和经受住的风暴。每个树圃的学徒都知道,质地最坚硬的木材有着最紧致的年轮,而高山和危险频生之处是生长最不易摧折、最强壮和最堪景仰的树干的地方。

　　树有如圣物。懂得和它们谈话和懂得聆听它们的人就会懂得真理。它们讲道不是讲长篇大论的教条和处世良方。它们无所拘束地讲个别的道理,讲生命的原始规律。

　　一棵树说:我身上藏着一颗核,一粒火花,一个念头,我是永恒生命的一度生命。永恒之母拿我做的一掷是独一无二的,我的外貌和皮肤的脉络是独一无二的,我枝梢上叶子的抖动,我树皮上最小

八、阳光,是一种语言

的疤痕,无一不是独特的。我的职责所在,就是赋予永恒一个独一无二的外貌并且示之以人。另一棵树说:我的力量是信任。我不识我的祖祖辈辈,我也不识每年从我繁衍出来的子子孙孙。我把我的种子的秘密活到底,其他概不烦心。我深信,神活在我心中。我深信,我的责任是神圣的,靠我的信任我活着。当我们悲伤,为生活所困时,一棵树可能对我们说:安静!安静!看看我吧!生活不易,可生活也不难,这是小孩子都懂的道理。让神在你里面说话,因此缄默吧。你心里害怕,因为你的路把你从母亲和家乡引开了。但是每一步、每一天都会把你重又引向母亲。家乡并不在这儿或那儿。家乡在你自身之中,别处哪儿也没有。

每当我听到树在晚风中簌簌作响,心头的流浪的向往就翻腾难抑。如果你静静地、久久地倾听,那么这流浪的向往也就会露出真情。这种向往并不是一种高飞远走的意向。它是对于家乡、对于母亲的忆念,和对于生命的新的向往。它引向的是故乡,每一步是生,每一步也是死,每一座坟都是母亲。

树就这么在晚上簌簌响着,而我们畏畏缩缩想躲开三岁孩童都明白的道理。树的思想更长远、更坚韧也更沉静,一如树比我们更长寿。它们比我们更聪明,要是我们不去谛听它们。但是如果我们学会了听树说话,那么我们思想的短促快捷和童稚式的不安分就恰能得到一份无比的欣悦。谁要是学会了倾听树说话,就不用再渴望成为一棵树了,他将渴望除了他所是的之外,什么也不是。这就是家,这就是幸福。

染绿的声音

【徐 迅】

山居的日子,是在山中一座精巧的石头房里度过的。天天,我都被一种巨大的宁静所震慑着。经过许多尘嚣侵扰的心灵,陡然回归到这旷古未有的宁静之中,而又知道周围全是绿色的森林,心里似乎也注满了一汪清涟之水,轻盈盈的,如半山塘里绽放着的一朵睡莲。

也有声音,在白天的山峦;偶尔也有人语喧哗,幽谷回鸣。空山不见人,倒使人感觉到大森林的真切和人世的烟火之气。更多的是鸟声,从黎明的晨噪到傍晚的暮啼,耳闻着那密密松林里传出的啾啾呜呜,还可以看见那墨点般的小鸟,如大森林的音符跳荡着、栖落着。鸟鸣常常使大森林归于虚静,它天生就是一种虚幻的精灵呢!鸟声让人着迷地听,这时听出的就是一阵阵溅绿的声音。

当然有许多声音是有颜色的。如皑皑白雪,潺潺流泉,响动的就是一大片白;如春花秋菊的凋谢,细心的人也会听出它的艳红和鹅黄的色调。在大森林里,此时我被激动的不是这种颜色的声音,而是满山攒动着的森林——那浓绿浓绿的声音了。满山密密的松树、枫树、珍珠黄杨、翠竹……树丛间刮过的风也是绿的,绿将大森林融为碧翠的一体,分不清颜色的浓淡深浅。那声音自然也不用侧耳倾听,触目皆是大片森林的宁静固然会使人坠入前无古人后无来者的孤独和虚空当中,而这染了绿的声音,却让人感到一种生命的快意和心灵的悸动。黎明的时候,"山路原无雨,空翠湿人衣",森林里露珠"扑扑"滴落的声音,在我听出的是一种轻柔而凝重的绿色;森

八、阳光，是一种语言

林静静肃立，错叶交柯，在我听出的是一种茁壮生长的蓬勃的绿色；狂风呼啸，排山倒海咆哮着的松涛，在我听出的是一种悲壮和磅礴的绿色；阳光拂动滔滔无边的绿海，阳光掠去又显出一江春水，在我听出的是一种恬淡而平和的绿色……山居无事的时候，只要静静地穿行在这无边的大森林之中，我满心的尘垢，便一下子就被荡涤得无影无踪，只觉得身心惬意和愉悦，心中陡然就有层斑驳的绿爬上心壁，盈注着生命那清凉的绿意来。

听惯了这种声音，在夜里我常常睡不着觉。拥被而坐，此时周遭那染了绿的声音已渐渐无声无息，看很白的月光，慢慢浮上窗棂，月光里的绿色冷冷如春水荡漾着，使人感觉到那绿色的声音一定是被浓浓的月光所消融，隐翳在莽莽苍苍的大森林之中了。但这时这刻，我思想的羽翅还翩翩起伏着，希冀那染了绿色的声音出现。有风的夜晚，我看窗外的大山果然是混沌未开的一团绿色，那染了绿的松涛之声，铺天盖地的在我石屋周围如狂飙般的春潮，惊涛拍岸，振聋发聩，让我激动得恨不得长啸……这些年，我知道我常常谛听水声，谛听鸟声，不仅是因为我对尘嚣之声异常地厌倦和唾弃，更多的是在寻找清纯的自然和人生的大自然。那是我生活须臾不可缺少的思想的源泉……若能轻轻地裹在这染了绿的声音里，心就会轻灵得像一朵绿荷，即便泊在波涛里滚动，那梦也是常常染了绿呢！

当人类欢呼对自然的胜利之时，也就是自然对人类惩罚的开始。

—— 黑格尔

阳光,是一种语言

【雷抒雁】

早晨,阳光以一种最明亮、最透彻的语言,和树叶攀谈。绿色的叶子,立即兴奋得颤抖,通体透亮,像是一页页黄金锻打的箔片,炫耀在枝头。而当阳光微笑着与草地上的鲜花对语,花朵便立即昂起头来,那些蜷缩在一起的忧郁的花瓣,也迅即疾展开来,像一个个恭听教诲的耳朵。

晴朗的日子,走在街上,你不会留意阳光。普照的阳光,有时像是在对大众演讲的平庸演说家,让人昏昏欲睡,到处是燥热的嘈杂。

阳光动听的声音,响在暗夜之后的日出,严寒之后的春天,以及黑夜到来前的黄昏。这些时刻,阳光会以动情的语言向你诉说重逢的喜悦,友情的温暖和哪怕是因十分短暂的离别而产生的愁绪。

倘若是雨后的斜阳,彩虹将尽情展示阳光语言的才华与美丽。赤、橙、黄、绿、青、蓝、紫,从远处的山根,腾空而起,瞬间飞起一道虹桥,使你的整个身心从地面立刻飞上天空。现实的郁闷,会被一种浪漫的想象所消解。阳光的语言,此刻充满禅机,让你理解天雨花,石点头,让你平凡生活的狭窄,变成一片无边无垠的开阔;让你枯寂日子的单调,变得丰富多彩。

可这一切,只是一种语言,你不可以将那金黄的叶子当成黄金;江河之上,那些在粼波里晃动的金箔也非真实;你更不要去攀援那七彩的虹桥,那是阳光的话语展示给你的不可捉摸的意境。瞬间,一切都会不复存在。可是,这一切又都不是空虚的,它们在你的心

八、阳光，是一种语言

中留下确确实实的图画，在你的血管里推涌起波澜壮阔的浪潮，在你耳边轰响着长留不息的呼喊，使你不能不相信阳光的力量和它真实的存在。

和阳光对话，感受光明、温暖、向上、力量。即使不用铜号和鼙鼓，即使是喁喁私语，那声音里也没有卑琐和阴暗，没有湿淋淋的怯懦者的哀伤。

你得像一个辛勤的淘金者，从闪动在白杨翻转的叶子上的光点里把握阳光的语言节奏；你得像一个朴实的农夫，把手指插进松软的泥土里，感知阳光温暖的语言力度。如果你是阳光的朋友，就会有一副红润健康的面孔和一窗明亮清朗的心境。

阳光，是一种语言，一种可以听懂的语言。

天地万物都在追求自身的独一无二的完美。
—— 泰戈尔

如果你歌颂美，即使你是在沙漠的中心，也会有听众。
—— 纪伯伦

秋天二章

秋　阳　徐志摩

这秋阳——他仿佛叫你想起什么。一个老友的笑容或是你故乡的山水。你看他多镇静，多自在，多可爱，在半枯的草地上躺着，在斑驳的树枝上挂着，在水面上浮着。

你直想伸手去把他掬些在掌心里，朵着嘴去亲他一口。

要是你是一颗露水，低低地蹲在草瓣上，他就从东边的树荫里蹿过来，一口噙住了你，叫你一肚子透明的思想显得分外透明。

要是你是一只长脊背的翠鸟翘着尾巴，从湖的这边飞掠到湖的那边，（他）就从水面上跳起来，在你的羽毛上飞快地印下几颗闪亮的金星。

不错，他是一个有心思有恩情的——好朋友。他不嫌农家的稻草，他一样摩挲长得不绽半熟的鲜果。他想法儿去拜会你阁楼上的破旧零星。

你一个人坐在屋子里很沉思的时候，他隔着窗户在跨着墙的青藤上含着最甜蜜的微笑望着你，意思说："别愁，朋友，有我在陪着你哪！"

月亮也是有恩情的，但他更来得殷勤，又好在不露痕迹。他不是一个戴银帽的当差高高地擎着片子玩某人送礼来了的那一套，他来就来了，不铺张的，也不让你觉得他轻盈的脚步，也不让你欠身起来让座。

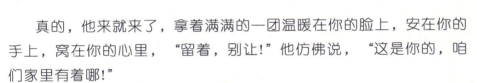

八、阳光,是一种语言

真的,他来就来了,拿着满满的一团温暖在你的脸上,安在你的手上,窝在你的心里,"留着,别让!"他仿佛说,"这是你的,咱们家里有着哪!"

在花丛里寻香的蝴蝶,懂得他的无限的柔媚,你别滴泪,他要你窝在心里留着。

秋 颂
罗兰

秋天的美,美在一份明澈。

有人的眸子像秋,有人的风韵像秋。

代表秋天的枫树之美,并不仅在那经霜的素红;而更在那临风的飒爽。

当叶子逐渐萧疏,秋林显出了它们的秀逸。那是一份不需任何的点缀的洒脱与不在意俗世繁华的孤傲。

最动人是秋林映着落日。那酡红如醉,衬托着天边加深的暮色。晚风带着清澈的凉意,随着暮色浸染,那是一种十分艳丽的凄楚之美,让你想流几行感怀身世之泪,却又被那逐渐淡去的醉红所慑服,而情愿把奔放的情感凝结。

曾有一位画家画过一幅霜染枫林的《秋院》。高高的枫树,静静掩住一园幽寂,树后重门深掩,看不尽的寂寥,好像我曾生活其中,品尝过秋之清寂。而我仍想悄悄步入其中,问讯那深掩的重门,看其中有多少灰尘,封存着多少生活的足迹。

最耐寻味是秋日天宇的闲云,那么淡淡然、悠悠然,悄悄远离尘间,对俗世悲欢扰攘,不再有动于衷。

秋天的风不带一点修饰,是最纯净的风。那么爽利地轻轻掠过园林,对萧萧落叶不必有所眷顾——季节就是季节,代谢就是代谢,生死就是生死,悲欢就是悲欢。无需参与,不必流连。

秋水和秋风一样的明澈。"点秋江,白鹭沙鸥",就画出了这份

明澈，没有什么可忧心、可紧张、可执著。"傲杀人间万户侯，不识字烟波钓叟"，秋就是如此的一尘不染。

"闲云野鹤"是秋的题目，只有秋日明净的天宇间，那一抹白云，当得起一个"闲"字。野鹤的美，澹如秋水，远如秋山，无法捉摸的那么一份飘潇，当得起一个"逸"字。"闲"与"逸"，正是秋的本色。

也有某些人，具有这份秋之美。也必须是这样的人，才会有这样的美。这样的美来自内在，他拥有一切，却并不想拥有任何。那是由极深的认知与感悟所形成的一种透彻与洒脱。

秋是成熟的季节，是收获的季节，是充实的季节，却也是淡泊的季节。它饱经了春之蓬勃与夏之繁盛；不再以受赞美、被宠爱为荣。它把一切的赞美与宠爱都隔离在淡淡的秋光外，而只愿做一个闲闲的、远远的、可望而不可即的秋。

所有的人在内心深处都是诗人。

——拉尔夫·爱默生

八、阳光，是一种语言

我 在

【张晓风】

那天早晨，天无端地晴了，使人几乎觉得有点不该。昨天才刚晴过，难道今天还有如此运气再晴一天？那阵子被风风雨雨折磨怕了，竟然连阳光也不敢信任起来。

我对丈夫说："我今天要到大屯山那一带去，主要目标是梦幻湖。"他一时尚未醒透，等他搞清楚，我已经带好四个橙子、两片面包和一个蛋走到门口了。

一个人对着湖水枯坐，觉得天地间再没有比这更好的事了。湖水浅浅盈盈，只可惜不见当年的水鸟群了。不知为什么参禅的人总喜欢"面壁"，其实"面水"不是更好吗？水似柔而刚，似无而有，不落形象而又容纳万象。

看了一上午的湖水，忽然起了兴致，大模大样地走到"地热利用研究中心"，敲了门。开门的人带我去看地热温室里种的花。玻璃花房十分美丽，小小的非洲紫罗兰一盆盆开满一屋子。"那是蟹爪兰吗？"我一转头叫起来，"怎么现在就开了？"

"这里暖和，它至少要比山下早开一个月。"

我走过去看那娇艳的红，觉得整个花的精神仿佛都是给地热催出来的，一份来不及的美。

"这盆蟹爪兰，如果你喜欢，就带回去吧！"

我一时欣喜若狂，虽然每一个花摊上都能买到蟹爪兰，但这一盆不同，它是从神奇的魔术场里搬来的啊，它比全城的花开得都要早，早整整一个月呢！

假如没有战争
JIARU MEIYOU ZHANZHENG

我跳上车子，坐上我最喜欢的车前面的位置，整片群山一路相送。我怔怔地看那蟹爪兰，想来它的名字取得真贴切，这花开的时候，硬是有一份横行霸道的美呢。

几乎每到春天，我就要嫉妒画家一次，背着画架四处跑，仿佛看起风景来硬是比我们多了一种理由，使我差不多要自卑了。不能画春天就吃一点春天也是好的。前些日子回娘家去看父母，早上执意要自己上菜场买菜。说穿了哪里是什么孝心，只不过想去看看屏东小城的蔬菜。一路走，一路看绿茎红根的菠菜，看憨憨白白的胖萝卜，看紫得痴愚的茄子，以及仿佛由千百粒碧玉坠子组成的苦瓜……而最终，我选了一把叫"过猫"的春蕨，兴冲冲拿回家炒了。想想那可能就是伯夷所食的薇，不觉兴奋起来，我把那份兴奋保密，直到上了饭桌才宣布：

"爸爸，你吃过蕨类没有？"

"吃过，那时在云南的山里逃难，云南人是吃蕨的。"

当然，想来如此，云南如此多山多涧多烟岚，理当有鲜嫩可食的蕨。

"可是，在台湾没吃过。"

"喏，你看，这盘便是了，叫'过猫'，很好吃呢！"

"奇怪，怎么叫'过猫'？"爸爸小声嘀咕。

"可是，我就是喜欢它叫'过猫'。"我心里反驳道。它是一只顽皮的小野猫，不听话，不安分，却有一身用不完的精力，宜于在每一条山沟上跳来蹿去，处处留下它顽皮的足迹。

吃新上市的蔬菜，总让我感到一种类似草食动物的咀嚼的喜悦。对不会描画春天的我而言，吃下春天似乎是唯一的补偿吧！

爬行陡峭的山路，不免微喘，喘息仿佛是肺部的饥饿。由于饿，呼吸便甜美起来，何况这里是山间的空气，有浮动着草香花香土香的小路。这个春天，我认真地背诵野花的名字——"南国蓟"、"昭和草"、"桃金娘"、"鼠麹草"、"兰花蓼"、"通泉草"、"龙葵"、

八、阳光，是一种语言

"睫穗蓼"、"紫花藿"、"香蓟"……但可恨的山野永远比书本丰富，此刻我仍然说不出鼻孔里吸进的芬芳有些什么名字。

有一种小花，白色的，匍匐在地上，毫无章法地乱开一气，它长得那么矮，恍如刚断奶的孩子，犹自依恋着大地的母怀，暂时不肯长高，而每一朵素色的花都是它烂漫的一笑。

初春的嫩叶照例不是浅碧而是嫩红，状如星雨的芒萁蕨如此，尖苞如纺锤的雀榕如此，柔枝纷披的菩提如此。想来植物年年也要育出一批"赤子"，红通通的，血色充沛的元胎。

终于，我独坐下来，不肯再走了，反正"百草千花寒食路"，春天的山是走不完的。

整个山只专宠一个像我这样平凡的女子，所有的天光，所有的鸟语，所有新抽的松蕊，所有石上的水痕，所有俯视和仰视的角度，所有已开和未开的花，都归我一个人独享——只因为我在。

记得小学三年级时，偶然生病，不能去上学，于是抱膝坐在床上，望着窗外寂寂的青山，心里竟有一份巨大幽沉至今犹不能忘的凄凉，因为好朋友都在学校，而我偏不在。

于是，开始喜欢点名，老师叫了学生的名字，学生大声回答："在！"

清脆而响亮的声音仿佛不是回答老师，而是回答宇宙乾坤，告诉天地，告诉历史，说，有一个孩子"在"这里。

回答"在"字，对我而言，总是一种饱满的幸福。

长大了迷上旅行，每到山水胜处，总想举起手来回一声："我在。"

身为一个人，我对自己"只能出现于这个时间和空间的局限"感到一种可贵，仿佛我是拼图板上扭曲奇特的一块小形状，单独看，毫无意义，及至恰恰嵌在适当的时空，却也是不可少的一块。

天神的存在是无始无终浩浩莽莽的无限，而我是此时此际此山此水中的有情和有觉。

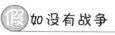

如没有战争

在路旁坐久了，忽然从石头上蹦来一只土色的小蚱蜢，停在我的袖子上。我穿的衫子恰好也是自己喜欢的土褐色，想必这只今春才孵化的糊涂小蚱蜢误以为我也是一块岩石吧？想到这里，我忽然端肃起来，一动也不敢动，并且非常努力地扮演一块石头，一时心里只觉好笑好玩，竟不断地告诉自己："不要动，不要动，这只小蚱蜢刚出道，它以为你是岩石，你就当岩石好了——免得打击它的自信心。"

相持了几分钟，小蚱蜢还是跳走了，不知它临走时知不知道真相，它究竟是因停久了觉得没趣才走的？还是因为这岩石居然有温度，有捶鼓式的音节自中心部分传来而恐惧不安才走的？不管怎么说，至少它一度视我为岩石，倒也令人自慰。

怀着独擅专宠的窃喜，我一面步下山径，一面把整座山的丰富密密实实地塞在背袋里。

有一件事，我不知道该怎么说才能讲清楚。我曾手植一株自己，在山的岩缝里。而另一方面我也盗得一座山，挟在我的臂弯里（挟泰山以超北海，其实也不难呢）。如果你听人说，今年春天我在山中走失了，至今未归，那句话也不算错。但如果你听说有一座山忽然化作"飞去峰"，杳然无踪，请相信，那也是丝毫不假的，而且，说不定它正是被我拐去。

人是世界的主人，年轻、美丽，征服了世界，改造了大地，会使草木生长，能和树木、野兽、天神谈心。

——罗曼·罗兰

八、阳光,是一种语言

河流的秘密

【苏 童】

对于居住在河边的人们来说,河流是一个秘密。

河床每天感受着河水的重量,可它是被水覆盖的,河床一直蒙受着水的恩惠,它怎么能泄露河流的秘密?河里的鱼知道河水的质量,鱼的体质依赖于河流的水质,可是你知道鱼儿是多么忍辱负重的生灵,更何况鱼类生性沉默寡言,而且孤僻,它情愿吐出无用的水泡,却一直拒绝与河边的人们交谈。

河流的秘密始终是一个秘密。"亲爱的,我永远也不会对你讲/河水为什么这么缓慢地流淌。"这是西班牙诗人加西亚·洛尔加的诗句。这是一个热爱河流的诗人卖关子的说法,其实谁又能知道河水流得如此缓慢,是出于疲惫还是出于焦虑,是顺从的姿态还是反抗的预兆,是因为河水昏昏欲睡还是因为河水运筹帷幄?

岸是河流的桎梏。岸对河流的霸权使它不屑于了解或洞悉河流的内心,岸对农田、运输码头、餐厅、房地产业、散步者表示了亲近和友好,对河流却铁面无情。很明显这是河与岸的核心关系。岸以为它是河流的管辖者和统治者,但河流并不这么想。居住在河边的人们都发现河流的内心是很复杂的,即使是清澈如镜的水,也有一个深不可测的大脑器官,河流的力量难以估计,它在夏季与秋季会适时地爆发一场革命,淹没傲慢的不可一世的河岸。这时候河与岸的关系发生了倒置,由于这种倒置关系,一切都乱套了,居住在河边的人们人心惶惶,他们使用一切可能使用的建筑材料来抵挡河水的登门造访。不怪他们慌张失态,他们习惯了做水的客人,从来

175

没有欢迎河水来登堂做客的准备。河边的居民们在夏季带着仓皇之色谈论着水患,说洪水在一夜大雨之后夺门而入,哪些人家的家具已经浮在水中了,哪些街道上的汽车像船一样在水中抛锚了。他们埋怨洪水破坏了他们的生活,他们没有意识到与水共眠或许该是他们正常生活的一部分。河水与人的关系被人确立,河水并没有发表意见,许多人便产生了种种误会,其实本着公平交易的原则,河流的行为是可以解释的。试想想,你如果经常去一个地方寻找欢乐,那么这地方的主人必将回访,回访是一种礼仪,水的性格和清贫决定了它所携带的礼物:水,仍然是水。

　　河流在洪水季节中获得了尊严,它每隔几年用漫溢流淌的姿势告诉人们,河流是不可轻侮的。然后洪水季节过去了,河边的居民们发现深秋的河流水位很高,雨水的大量注入使河水显示出新鲜和清澈的外貌。秋天的河流与岸边的树木做反向运动,树木在秋风中枯黄了,落叶了,而河流显得容光焕发,朝气蓬勃。如果你站在某座横跨河流的大桥上俯瞰秋天的流水,你会注意到水流的速度,水流的热情足以让你感到震撼,那是野马的奔腾,是走出囚室的思想者在旷野中的一次长篇演讲,那是河流对这个世界的一年一度的倾诉。它告诉河岸,水是自由的不可束缚的,你不可拦截不可筑坝,你必须让它奔腾而下;河流告诉岸上的人群,你们之中,没有人的信仰比水更坚定,没有人比水更幸运。河流的信仰是海洋,多么淳朴的信仰啊,海洋是可靠的,它广阔而深邃的怀抱是安全的,海洋接纳河流,不索香火金钱,不打造十字架,不许诺天堂,它说,你来吧。于是河流就去了。河流奔向大海的时候一路高唱水的国歌,是三个字的国歌,听上去响亮而虔诚:去海洋,去海洋!

　　谁能有柔软之极雄壮之极的文笔为河流谱写四季歌?我不能,你恐怕也不能。我一直喜欢阅读所有关于河流的诗文篇章,所有热爱河流关注河流的心灵都是湿润的,有时候那样的心灵像一盏渔灯,它无法照亮岸边黑暗的天空,但是那团光与水为友,让人敬重。谁

八、阳光,是一种语言

能有锋利如篙的文笔直指河流的内心深处?我没有,恐怕你也没有。我说过河流的秘密不与人言说,赞美河流如何能消解河流与我们日益加剧的敌意和隔阂?一个热爱河流的人常常说他羡慕一条鱼,鱼属于河流,因此它能够来到河水深处,探访河流的心灵。可是谁能想到如今的鱼与河流的亲情日益淡薄,新闻媒体纷纷报道说河流中鱼类在急剧减少,所有水与鱼的事件都归结为污染,可污染两个字怎么能说出河流深处发生的革命,谁知道是鱼类背叛了河流,还是河流把鱼类逐出了家门?

现在我突然想起了童年时代居所的后窗。后窗面向河流——请允许我用河流这么庄重的词汇来命名南方多见的一条瘦小的河,这样的河往往处于城市外围或者边缘,有一个被地方志规定的名字却不为人熟悉,人们对于它的描述因袭了粗放的不拘小节的传统:河。河边。河对岸。这样的河流终日梦想着与长江黄河的相见,却因为路途遥远交通不便而抱恨终生,因此它看上去不仅瘦小而且忧郁。这样的河流经年累月地被治理,负担着过多的衔接城乡水运、水利疏导这样的指令性任务,河岸上堆积了人们快速生产发展的房屋、工厂、码头、垃圾站,这一切使河流有一种牢骚满腹自暴自弃的表情,当然这绝不是一种美好的表情——让我难忘的就是这种奇特的河水的表情,从记事起,我从后窗看见的就是一条压抑的河流,一条被玷污了的河流,一条患了思乡病的河流。一个孩子判断一条河是否快乐并不难,他听它的声音,看它的流水,但是我从未听见河水奔流的波涛声,河水大多时候是静默的,只有在装运货物的驳船停泊在岸边时,它才发出轻微的类似呓语的喃喃之声,即使是孩子,也能轻易地判断那不是快乐的声音,那不是一条河在欢迎一条船,恰好相反,在孩子的猜测中,河水在说,快点走开,快点走开!在孩子的目光中,河水的流动比他对学习的态度更加懒惰更加消极,它怀有敌意,它在拒绝作为一条河的责任和道义,看一眼春天肮脏的河面你就知道了,河水对乱七八糟的漂浮物持有一种多么顽劣的

假如没有战争

坏孩子的态度:油污、蔬菜、塑料、死猫、避孕套,你们愿意在哪儿就在哪儿,我不管!孩子发现每天清晨石埠前都有漂浮的垃圾,河水没有把旧的垃圾送到下游去,却把新的垃圾推向河边的居民,河水在说,是你们的东西,还给你们,我不管!在我的记忆中河流的秘密曾经是背德的秘密。我记得在夏季河水相对清净的季节里,我曾经和所有河边居民一样在河里洗澡、游泳,至今我还记得第一次在水底下睁开眼睛的情景,我看见了河水的内部,看见的是一片模糊的天空一样的大水,就像天空一样,与你仰望天空不同的是,水会冲击你的眼睛,让你的眼睛有一种刺痛的感觉。这是河流的立场之一,它偏爱鱼类的眼睛,却憎恨人的眼睛——人们喜欢说眼睛是心灵的窗户,河流憎恨的也许恰好是这扇窗户。

我很抱歉描述了这么一条河流来探索河流的心灵。事实上河流的心灵永远比你所描述的丰富得多,深沉得多,就像我母亲所描述的同一条河流,也就是我们家后窗能看见的河流。那是一个多么神奇的故事:有一年冬天河水结了冰,我母亲急于赶到河对岸的工厂去,她赶时间,就冒失地把冰河当了渡桥,我母亲说她在冰上走了没几步就后悔了,冰层很脆很薄,她听见脚下发出的危险的碎冰声,她畏缩了,可是退回去更危险,于是我母亲一边祈求着河水一边向河对岸走,你猜怎么着,她顺利地过了河!对于我来说这是天方夜谭的故事,我不相信这个故事,我问母亲她当时是怎么祈求河水的,她笑着说,能怎么祈求?我求河水,让我过去,让我过去,河水就让我过去了!

如果你在冬天来到南方,见到过南方冬天的河流,你会相信我母亲的故事吗?你也会像我一样,对此心怀疑窦。但是关于河流的故事也许偏偏与人的自以为是在较量,这个故事完全有可能是真实的,请想一想,对于同一条河流,我母亲做了多么神奇多么瑰丽的描述!

河水的心灵漂浮在水中,无论你编织出什么样的网,也无法打

八、阳光,是一种语言

捞河水的心灵,这是关于河水最大的秘密。多少年来我一直难以忘记我老家一带流传的关于水鬼的故事,我一再相信那些湿漉漉的浑身发亮的水鬼掌握了河水的秘密,原因简单极了,那些溺死的不幸者最终与河水交换了灵魂,他们看见了河水的心灵,这就是水鬼们可以自由出入于水中不会再次被溺的原因,他们拿到了一把钥匙,这把钥匙能够打开河流的秘密之门。

可是在传说之外我们从来没有与水鬼们邂逅相遇过,不管是在深夜的河岸边,还是在沿河航行的船上。水鬼如果是人类的使者,那他们一定背叛了人类,忠实于水了,他们不再上岸是为了保持河流的秘密。水鬼已经被水同化,如今他们一定潜伏在河流深处,高昂着绿色的不屈的头颅,为他们的祖国发出了最后的呐喊:岸上的人们啊,你们去征服月球,去征服太空吧,但是请记住,水是不可征服的!

> 人,是生命链索的一环。生命的链索是无穷无尽的,它通过人,从遥远的过去伸向渺茫的未来。
>
> ——柯罗连科

寻　春

【韩少华】

迎着早春的轻寒，或野游、或山行，多么好啊。也许，早春的景色过于素淡了，可也正因为还没有万紫千红的撩拨，才更宜于漫步，沉思……

趁个假日，我出了城，径自寻春去了。

"山带去年雪，春来何处峰？"眼前，蓟塞披沙，燕山负雪，可凭借什么去寻觅春天的第一双足迹呢？嗯，春的影子么，该是绿的。如果找见了大地上最初的一小片草地，那就一定是春天刚刚落脚的地方，春天必在那里。

不上田间小路，我只朝着旷野走去。

微风挟着寒意，卷地而来。这大概是朔气的余威了。"燕北地寒生草迟"，低头所见，尽是些隔冬的衰草。谁知有没有一两株敢于破土而出的新绿？即使有，怕也不易找见……

穿疏林，过小桥，桥下流水无声，慢吞吞的，仿佛刚才融没了最后一片残冰，那满怀凝冻的迟疑，还没散尽……我不禁责怪起自己来：虽说是早春之游，也未免太早了。但是，既来之，则安之——走吧。

渐渐的，云雾中的燕山越来越清晰了。到了山脚下，有大石如卧。近前转身坐定了，无意间，向着来路抬眼一望……怎么？远处，小桥头，疏林边，那旷地上，竟泛出一片新绿！仔细看去，还含着几分鹅黄——好嫩，好新鲜。可那旷地，分明是我才经过的，没见一芽新草。莫非不早不迟，正当我才上了小桥那阵儿，就在我背后，春天，

八、阳光，是一种语言

悄悄儿地飞落在林边了？……我猛地站起来，朝着那片草色奔去。

小桥下，流水依然缓缓的；林边旷地，又在脚下了。仍旧是几缕衰草，一带疏林。莫不是春天怕这里寒肃，刚落脚，竟又携着她那青青的影子，一同飞去了？

哦，这不正是"草色遥看近却无"！

重又跑回山脚下，大石跟前；转身再放眼望去，可不，那疏林边，草色依稀，似乎比刚才又浓了些，也扩展了些。"草色遥看近却无"！这早春草色，为什么只可遥看呢？回想一路所见——是了，说是来寻春，却只低眉顺目，眼界自然仅限于咫尺间了。"燕草如碧丝"，走三五步难见一两芽，何况还有衰草杂陈呢。若是放眼望去，那些萌芽，就算是一个个微绿的质点吧，这十里平川，尽收眼底，那质点，也该不可胜数了。无数个微绿的质点，横衍纵漫，就密了，草色也浓了——瞧那边，好一抹新绿。衰草的憔悴，被欣欣然的生机淹没了。

这一霎间，我似乎寻到了春天的步履。

真的，就连野游，都需要扬眉放眼，才能从无数点刚刚破土的萌芽上面，看到无边的春色。那么，对于生活呢？在人生的道路上，总会有阴霾、霜雪。尽管朔气如磐，时间却没有一瞬的凝固。"今朝腊月春意动"，这是诗意，也是万古不灭的规律。而正当风雪弥天的时刻，谁能在胸怀深处寻到那最初的一抹新绿，用自己的心去暖它，催促它，谁就会拥有一个芳草连天、艳阳满地的内心世界。心里有一个春天，那就往前走吧。哪怕真是"燕山雪花大如席"，砸到热腾腾的胸膛上，也将立刻消融。如果谁的内心的春光与大地上第一抹草色连成一片了，那就把步子迈得再大些。这样的步子，每一落地，都会铿锵作响；路旁的花蕾，也将应声怒放。

马雅可夫斯基说过："最好在冬天写关于'五一'的诗，因为这时候对春天想得要命。"他是在自己的诗里召唤春天，又用自己的诗去创造春天的。我呢，此时只愿意望得远些。望远必须登高。"明日岳阳楼上去，岛烟湖雾看春生。"眼前，虽没有楼台可以登临，背后

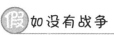

却矗立着巍巍燕山。我想，登上那山峦，一回头，也许反而要责怪自己：这次野游、山行，动身真的太迟了。其实，探寻春天的讯息，又何必凭借什么绿色的影子呢？只需攀登那足以远望的高处，透过千里平川的轻烟淡霭，透过蒸腾着的青阳之气，就会感到，大地在急促地呼吸着——春天，她正在大地的母腹里躁动。

大自然从来不欺骗我们，欺骗我们的永远是我们自己。

——卢 梭

大自然的每一个领域都是美妙绝伦的。

——亚里士多德

新人文读本
小学12卷，初中6卷

   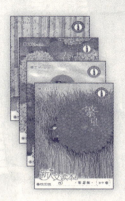

内容介绍

本套丛书充分张扬人文精神，使中小学生感悟爱、和谐、关怀、独立、自尊、创造、责任等饱含人情味和人文气息的人文主题。震撼人心的深刻内涵，创造奇迹的爱心故事，透明纯净的童心天空，温暖人间的美德修养，笑傲挫折的平静坦然，奇趣多彩的自然景观，广博深远的科技前景……缤纷的文字散发着馨香的人文气息，蕴涵着深厚的人文底蕴，引人入胜，发人深省。

系列亮点

精选当代美文　　弘扬人文精神
倡导自主阅读　　提升写作能力

- 国家"十一五"重点图书出版规划
- 全国"知识工程"联合推荐用书
- 全国"知识工程·创建学习型组织"联合团购用书
- 教育部全国中小学图书馆推荐用书
- 《中国图书商报》最具创新性助学读物

新科学读本
（珍藏版）

共8册

把科学教育从"题海战术"中解放出来

主编：著名科普作家、清华大学教授　　刘　兵

中华人文精神读本

（青少年版）

4册·彩色插图版

丛书简介

如何对待我们的传统文化是近现代摆在我们面前的一个无可回避的问题，也是一个一直在热烈争论的问题，这也是国学"热"的重要原因。不同的时代面临的问题不一样，因此会有不同的观点。但"古为今用，取其精华"则是共识。《中华人文精神读本》精心挑选数千年来对中国产生过深远影响，而且在今天仍然在被人们所关心的26个主题，并从中国最重要的文化典籍中挑选朗朗上口，思想性和文学性很强的内容呈现给读者。丛书不仅仅是对古代文言进行注释和文意解说，为了便于读者理解，每个阅读单元还提供了生动有趣的小故事，并引申出对今天人们行为的有指导性的启示。图文并茂，生动活泼。

主编简介

汤一介：北京大学哲学系教授，中国哲学与文化研究所所长，博士生导师。加拿大麦克玛斯特大学荣誉博士学位。美国哈佛大学访问学者，曾任美国、澳大利亚、香港等大学客座教授。中国文化书院院长、中国哲学史学会顾问、中华孔子学会副会长、中国东方文化研究会副理事长、中国炎黄文化研究会副会长、国际价值与哲学研究会理事，国际儒学联合会顾问、国际道学联合会副主席；曾任国际中国哲学会主席，现任该会驻中国代表。

声　明

虽经多方努力，我们仍未能与本书部分作者取得联系，在此我们深表歉意。请相关著作权人尽快与北京大学出版社教育出版中心联系，我们将向您支付稿酬。

邮编：100871